AF748025

www.ingramcontent.com/pod-product-compliance
Lightning Source LLC
LaVergne TN
LVHW051106051026
849532LV00004BB/1448

* 9 7 8 9 3 5 8 7 2 8 1 3 2 *

سنگریزہ اور دیگر کہانیاں

سید اسد علی

Sang-reza aur diigar KahaniyaaN (Short Stories)

by: Syed Asad Ali

Edition: March '2024

Publisher :

Taemeer Publications LLC (Michigan, USA / Hyderabad, India)

ISBN 978-93-5872-813-2

9 789358 728132

کتاب	:	**سنگریزہ اور دیگر کہانیاں**
مصنف	:	**سید اسد علی**
پروف ریڈنگ / تدوین	:	اعجاز عبید
صنف	:	فکشن
ناشر	:	تعمیر پبلی کیشنز (حیدرآباد، انڈیا)
سالِ اشاعت	:	۲۰۲۴ء
صفحات	:	۱۲۶
سرورق ڈیزائن	:	تعمیر ویب ڈیزائن

فہرست

سنگریزہ

میں چھوٹا آدمی ہوں۔ اور میں چھوٹا آدمی اس لئے ہوں کہ میں کبھی چھوٹی چھوٹی چیزوں سے اوپر نہیں اٹھ سکا۔ میں تو وہ ہوں کہ تم مجھے اہرامِ مصر کے سامنے لے جاؤ تو بہت ممکن ہے میں اسے دیکھوں بھی نہیں (خیر یہ تو تھوڑا مبالغہ ہو گا۔ میں اہرام پر چند بھرپور نظریں ضرور ڈالوں گا لیکن اس کی عظمت، اس کی شوکت کبھی میرے دل میں نہیں اتر سکے گی)۔ میں اس کے سامنے گھنٹوں گذار دوں گا اور جانتے ہیں ان سارے گھنٹوں میں میں کیا دیکھ پاؤں گا۔۔۔۔۔ ایک چیونٹی جو ریت پر چلی جاتی ہے اس بات سے بے پرواہ کہ اس کے سامنے کیسا شاہکار کھڑا ہے، سیاحوں کے ایک جوڑے کا بے معنی مشاہدہ جو شاید آج ہوٹل سے لڑ کر آئے ہیں اور اسی قبیل کی چھوٹی چھوٹی چیزیں۔

مگر تم ایسی نہیں تھی۔ تم صرف بڑی بڑی چیزیں دیکھتی تھی۔ جیسے وہ دن جب تم سمندر کے کنارے چل رہی تھی۔ ایسے کہ تم سمندر کا نہ جدا کئے جانے والا حصہ دکھائی دیتی تھی۔ میں بھی تمہارے ساتھ چلتا تھا مگر میری نظریں سمندر کے ساحل پر بکھرے ہزاروں سنگریزوں پر پھسلتی تھیں اور میں سوچتا تھا۔۔۔ میں بھی شاید سمندر کے ساحل پر بکھرے لاکھوں سنگریزوں میں سے ایک سنگریزہ تھا۔ میری تراش، میری بناوٹ، میری قیمت کسی سے جدا نہیں تھی۔ میں اپنی ذات میں "ہونے" کے باوجود "نہیں" تھا۔

بس سمندر کے ساحل پہ بکھرے ہزاروں سنگریزوں کے بیچ ایک سنگریزہ تھا اور

اپنے وجود میں شرمناک حد تک بے حقیقت تھا۔

اور پھر تم نے مجھے اٹھا کر اپنے گلے کی زینت بنا دیا۔ تم نے مجھے میری قیمت کی وجہ سے نہیں چنا۔ بس ویسے ہی گویا اس سمندر کی یادگار سمجھ کر اٹھا لیا اور یوں تم نے میری تخلیق کی۔۔۔۔۔۔۔۔ نئی تخلیق۔ پہلی بار ''میں'' نے جنم لیا (اس سے پہلے تو بس ''ہم'' تھے)۔ پہلی بار مجھ سے محبت کی گئی۔ پہلی بار مجھے سمجھا گیا۔ جیسے جیسے مجھ پر عنایتیں بڑھتی گئیں ویسے ویسے میرے اندر خوف بڑھتا گیا۔۔۔۔۔ کہیں تم مجھے پھر سے ساحل پر بکھرے سنگریزوں کے بیچ نہ پھینک دو۔ پھر وہی سمندر کا ساحل ہو گا۔ مگر اب ہزاروں، لاکھوں سنگریزوں کے بیچ ایک سنگریزہ ایسا ہو گا جو شکل و شباہت اور ہر محسوس کئے جاسکنے والے معیار پر انہی جیسا ہو گا مگر ساتھ میں بہت مختلف بھی ہو گا۔ ''ہم'' کے ڈھیر میں ایک ''میں''۔۔۔۔۔۔۔۔ ایسا سنگریزہ جو اپنے آپ کو پہچانتا ہو۔ جو کبھی کسی حسینہ کے گلے کی زینت رہ چکا ہو۔

ایسے میں سمندر نے (کہ وہ رازدانِ کامل ٹھہرا) چپکے سے میرے کانوں میں یہ کہہ دیا۔ اس ساحل پر بکھرا ہر سنگریزہ کبھی ''میں'' تھا۔ وہ کسی نہ کسی حسینہ کے گلے کی زینت رہ چکا تھا یا پھر کسی فال نکالنے والے بوڑھے جپسی نے اس کی مدد سے مستقبل کو دیکھا تھا یا پھر کسی بچے نے اسے اپنے ریت کے قلعے کی دیوار پر لگایا تھا۔ اس ''ہم'' کے سمندر میں سب ''میں'' ہیں۔ سب تنہا ہیں۔ بہت اکیلے ہیں۔ ایک سنگریزے کے لئے یہ ممکن نہیں کہ وہ ''ہم'' اور ''میں'' کے اس کھیل کو سمجھ سکے۔ ایک سنگریزے کا مقدر ہے کہ وہ ''میں'' ہوتے ہوئے ہم بن کر رہے تاکہ ساحل پر آنے والے سیاحوں کے پاؤں ان کی انفرادی اناؤں سے کچلے نہ جائیں اور وہ یہاں کی سحر انگیز ہوا کا لطف اٹھا سکیں۔

☆☆☆

جونک اور تتلیاں

Throw (the child)
Into the chest, and throw
(The chest) into the river:

The river will cast him
Up on the bank, and he
Will be taken up by one
Who is an enemy to Me
And an enemy to him:'

But I cast (the garment
of) love over thee from Me:
And (this) in order that
Thou mayest be reared
Under Mine eye".

Ta-Ha - 39 (Al-Quran)

کیا آپ یقین کرو گے کہ ایک بالشت بھر کی مچھلی پانچ کلو کی مچھلی کو کھا جائے اور اس طرح کہ اس کی ہڈیوں کی بھی خبر نہ رہے۔ اور آخری چیز جو کوئی دیکھ سکے وہ بڑی مچھلی کی دم ہو جو بالشتیا کے منہ میں گم ہوتی نظر آتی ہو۔ میں بھی یقین نہیں کرتا تھا۔ اس وقت بھی نہیں جب وہ چھوٹی مچھلی میرے قریب آئی۔ تب تو خیر میں نے اسے اتنی اہمیت بھی

نہ دی تھی کہ اسے غور سے دیکھ ہی لیتا کہ وہ میرے لئے ایسی ہی بے حقیقت شئے تھی مگر جب اس نے اپنے دانتوں کو میرے جسم میں پیوست کر دیا اور درد کے پیام بر بڑی بڑی مشعلیں لئے میرے جسم میں دوڑنے لگے تو میں نے پہلی بار اسے غور سے دیکھا۔ وہ تب بھی اتنی ہی بے حقیقت تھی کہ اسے خود سے علیحدہ کرنا بھی ایک کارِ بے کار لگتا تھا۔ آخر وہ کیا کر لے گی؟ یہ تھا وہ سوال جس نے مجھے چند لمحے اور غفلت کی گود دے دی۔ اور یہ تو ہونا ہی تھا۔ وقت نے مجھے کبھی ایسے مقابلے کے لئے تو تیار کیا ہی نہ تھا۔ میں تو مچھلیوں کے جھنڈ میں تیرتا تھا اور زندگی نے مجھے سکھایا تھا تو صرف اتنا کہ مجھے اس سفر میں محتاط رہنا ہوگا ان بڑی مچھلیوں سے جو کبھی کبھار کسی انجانی سمت سے ہم پر آ لپکتی ہیں۔ اور میں بہت محتاط تھا۔ مچھلیوں کے غول کے بیچ ایسی محفوظ جگہ تیرتا تھا جہاں کسی بھی حملے کی صورت میں بچ کر نکل سکوں۔ مگر محفوظ جگہ کوئی نہیں ہوتی اور یہی میری عجیب کہانی کا واحد نکتہ ہے جو منطقی نتیجے کے طور پر ہم آگے لے کر چل سکتے ہیں۔ وگرنہ باقی سب تو۔۔۔۔۔

باقی سب تو بس اتنا نہ سمجھ میں آنے والا ہے کہ ایسی کہانی کو بھول جانا ہی بہتر ہے۔

میں جیسے رنگین تتلیوں میں گھرا ایک ننھا خرگوش تھا جو گیت گاتے پرندوں اور نرم گھاس کی کونپلوں کے بیچ بھاگا پھرتا تھا۔ میرے پاس سب کچھ تھا سوائے ایک مقصد کے اور پھر ایک دن کچھ ہوا۔ ایک زوردار دھماکہ۔۔۔۔۔۔۔۔۔ شاید کوئی گولی چلی اور سب کچھ بدل سا گیا۔ وہ ساری تتلیاں، وہ سارے پرندے کسی خاموش، پرسکون دیس کی کھوج میں پر پھڑ پھڑاتے اڑ گئے اور میں ایک کاٹ دینے والی تنہائی سے لڑنے کو اکیلا رہ گیا۔

اور اس دن میں پہلی بار اسے محسوس کیا۔۔۔۔ وہ جونک جو نجانے کب سے میری پشت پر اپنے پنجے گاڑے بیٹھی تھی۔ پہلی مرتبہ میں نے ایک جونک کے وجود میں چھپی نعمت کو محسوس کیا۔

میں اکیلا نہیں تھا۔ کوئی تھا جو انتہائے خوف کی ان گھڑیوں میں بھی میرے ساتھ تھا۔ گویا وہ میرے بدن کا حصہ ہو۔ میری آنکھیں تشکر سے بھیگ گئیں۔ مجھے لگا کہ خوف کی چادر پھینک کر مجھے پھر سے زندگی کی دوڑ میں شامل ہونا ہے۔ اس لئے نہیں کہ مجھے یکایک زندگی سے کوئی لگاؤ ہونے لگا تھا۔ نہیں مجھے تو شاید اس جونک کے وجود سے محبت ہو گئی تھی۔ مجھے پہلی بار لگا کہ کسی کو کتنی شدت سے میری ضرورت ہے۔ تو میں اب سالوں زندہ رہنا چاہتا تھا صرف اس لئے کہ جونک کو تازہ خون ملتا رہے۔

میں نہیں کہہ سکتا کہ یہ کہانی کہاں سے شروع ہوتی ہے کیونکہ اس کا آغاز تو میری پیدائش سے بھی بہت پہلے ہو گیا تھا۔ مگر وہ سب واقعات ہیں، اعداد و شمار ہیں جن میں کوئی ربط نہیں ہے۔ مگر پھر ایک واقعہ ہوا جس نے میری پوری زندگی کے بکھرے موتیوں کو گویا ایک لڑی میں پرو دیا۔ تو میں اسی واقعہ سے آغاز کرتا ہوں۔

یہ کہانی ایک گھر سے شروع ہوتی ہے۔ ایک گھر جو بہت خوبصورت، نہائیت شاندار تھا مگر نہ تو اسے بیچا جا سکتا تھا اور نہ کرائے پر دیا جا سکتا تھا۔ اور یہ سب اس لئے کہ آپ انسانیت پر ایک ٹکے کا بھی اعتبار نہیں کر سکتے۔ یقین کیجئے کہ میں نے بہت کوشش کی مگر کیا کروں کہ ایک پورا شہر مل کر بھی مجھے ایک چھوٹی سی بات کا یقین نہیں دلا سکا کہ اس گھر کی ایک کھڑکی کو کھولا نہیں جائے گا۔ اس گھر میں درجنوں کھڑکیاں تھیں اور صرف ایک کھڑکی تھی جسے نہیں کھولا جانا تھا مگر کیا کریں کہ انسان چیزوں کو عجیب ہی نظر سے دیکھتا ہے۔ پوری جنت ایک طرف اور شجرِ ممنوعہ کا پھل ایک طرف ہو جاتا ہے۔ اگر میں انسانیت کو صحیح سمجھا ہوں تو وہ چیزوں کو دو رنگوں میں دیکھتا ہے۔ وہ جو اسے میسر ہیں اور وہ جو ابھی اس کی دسترس سے باہر ہیں۔ جب تک ایک بھی شئے اس کی دسترس سے باہر ہے تو وہ میسر چیزوں سے بھی لطف اندوز نہیں ہو سکتا۔

آخری چارے کے طور پر میں نے خود اس میں رہنا شروع کر دیا۔ اور تکلیف کی بات یہ ہے کہ مجھے خود پر بھی یقین نہیں تھا کہ میرے ہاتھ کسی کمزور لمحے میں اس کھڑکی کو کھولنے سے رکے رہیں گے۔ میں تقریباً دو سال وہاں رہا لیکن اس دوران میں ایک لمحہ بھی ایسا نہیں آیا جب میں مکمل اعتماد سے خود کو کہہ پاتا کہ کم از کم آج کے دن میں یہ کھڑکی نہیں کھولوں گا۔ میں نے آخر میں وہ کھڑکی کھولی یا نہیں؟ یہ ایک آسان سوال ہے اور اس کا جواب بڑی آسانی سے ایک واقعہ بتاتے ہوئے دیا جا سکتا ہے۔ اور میں آپ کو یہ بات بتاؤں گا بھی لیکن مجھے کہنے دیں کہ میں نے وہ کھڑکی کھولی یا نہیں یہ بالکل randomسا عمل تھا۔ یہ حقیقت آپ کو اس اسرار کے بارے میں کوئی بھی مفید چیز نہیں بتا پائے گی۔ اگر مجھے زندگی میں دوبارہ انہی حالات میں لا پھینکا جائے تو شاید میں اس کے بالکل مختلف، بالکل الٹا عمل کر گذرتا۔ لیکن اگر ہم زندگی کی سطحیت سے ذرا بلند ہو کر اس سب کو دیکھیں۔۔۔۔۔۔۔۔ جہاں سے اس کھیل کے بڑے کھلاڑی خدا اور شیطان وغیرہ دیکھتے ہیں تو آپ کو سمجھ آئی گی کہ وہاں randomnessکی کوئی جگہ نہیں ہے۔ وہاں ہر چیز کی ایک نہ جھٹلائی جانے والی وجہ ہوتی ہے۔ تو میں اس کہانی میں اسی چھپی ہوئی وجہ کو کھوجنے کی کوشش کروں گا۔

میں جانتا ہوں کہ میں خود ہی اپنی چیزوں کو مشکل بنا رہا ہوں لیکن میری کتنی بیوقوفی ہو گی کہ اگر میں اس چیز کو آسان و سادہ بنانے کی کوشش کروں جسے فطرت نے پیچیدگی کے لئے تخلیق کیا ہے۔ اسی طرح اس چیز کو ایک اور levelپر سمجھنے کی بھی ضرورت ہے کیونکہ اس کہانی میں کچھ بڑے کھلاڑی بھی ایک مقام پر شامل ہو جاتے ہیں (اور لامحالہ ان کے ساتھ وہ پوری higher dimensionبھی چلی آتی ہے)۔ میں خدا کے بارے میں کوئی حتمی بات نہیں کہہ پاؤں گا (خدا کے بارے میں کب کوئی حتمی بات کہہ پایا ہے؟) ہاں

مگر شیطان شاید ایک موقع پر اس کہانی میں آوارد ہوتا ہے۔ یہ وہ مقام ہے جہاں کہانی "کہانی کار" کو اپنے قبضے میں لے لیتی ہے۔ یہاں روشنی ملگجے اندھیروں میں ڈھلنے لگتی ہے۔ اس لئے میں کوئی وعدہ نہیں کرپاؤں گا کہ میں آپ کو ہر چیز اس کے صحیح رنگ میں دکھا پاؤں گا۔ ہاں مگر میں کوشش کروں گا کہ میں سب واقعات کو بڑے سیدھے اور آسان طریقے سے بیان کردوں (شاید صرف حقائق ہی بیان کردوں) پر اصل کہانی ان سطروں کے کہیں بیچ میں چھپی ہو گی۔ میری واحد استدعا یہی ہو گی کہ ان سطروں سے گذرتے ہوئے اگر کسی کہانی کو پگڈنڈی پر بیٹھے دیکھیں تو اسے نظر انداز کرنے کی بجائے اپنی چھوٹی سی گاڑی میں بٹھا کر ساتھ لے چلیں۔

مجھے شہر کے outskirts میں ایک گھر وراثت میں ملا اور اس نے گویا ہر شئے میرے لئے بدل کے رکھ دی۔۔۔۔۔۔ یہ ایک بہت بڑی تبدیلی تھی۔ اتنی ہی بڑی تبدیلی جیسے آپ کی شادی ہو جائے یا پھر آپ کو کسی جرم میں جیل میں پھینک دیا جائے۔ گھر میں کوئی مسئلہ نہیں تھا۔۔۔۔۔ آخر کوئی اعتراض کر بھی کیسے سکتا ہے اگر آج کے دور میں اسے ایک گھر دے دیا جائے اور وہ بھی اتنا بڑا اور خوبصورت۔ مگر اس گھر میں ایک کھڑکی تھی جسے کسی بھی صورت میں کھولا نہیں جانا تھا۔ یہ سب اتنا ہی آسان تھا کہ گھر کی درجنوں کھڑکیوں میں سے صرف ایک تھی جسے کھولا نہیں جانا تھا لیکن یہ مجھے ناممکن حد تک مشکل لگا اور میری پوری زندگی اس کھڑکی کی حفاظت میں گویا ایک جال میں پھنستی چلی گئی۔

اور حفاظت میں ہم انسان کبھی اچھے نہیں رہے۔ آخر ہم انسانوں نے چیزوں کی حفاظت کو کیا کیا کچھ نہیں کیا؟ یہ خواہش در حقیقت دنیا کی ساری جنگوں، اخلاقیات اور قوانین کی ماں ہے لیکن اگر ہم نے اپنی تاریخ کو ذرا بھی سمجھا ہے تو شاید ہم اس کے سوا

کسی اور نتیجے پر پہنچ ہی نہیں سکتے کہ "ہم کسی بھی شئے کی حفاظت نہیں کر سکتے۔" فطرت گویا ایک منچلا بچہ ہے جس کے ہاتھوں ہر کھلونے کو بالآخر ٹوٹنا ہی ہے۔ حتیٰ کہ خدا بھی اپنے شجرِ ممنوعہ کی حفاظت نہیں کر پایا اور وہ بھی آدم جیسے شرمیلے اور ڈرے ہوئے بندے سے۔ لیکن یہی انسانوں کی سب سے عجیب بات ہے۔ وہ جب کسی ناممکن شئے کو دیکھتا ہے تو اسے محض اس لئے چھوڑ نہیں دیتا کہ وہ منطقی طور پر ناممکن ہے۔ نہیں جناب! ہم انسانوں کو منطقی مشینوں کے طور پر بنایا ہی نہیں گیا۔ آپ لاکھوں کی فوج سے چند سو لوگوں کو ڈرانے کی کوشش کرتے ہو اور وہ پھر بھی اتنی واضح rationality کے سامنے جھکنے سے انکار کر دیتے ہیں۔ وہ اس وقت تک لڑتے ہیں جب تک آخری بندے کی گردن تن سے جدا نہیں کر دی جاتی۔ تو میرے دل میں اس بات کو شائبہ بھی نہیں تھا کہ مجھے اس کھڑکی کی حفاظت سے ہاتھ اٹھا لینا چاہیے۔ ہاں مگر میں نے بھرپور کوشش ضرور کی کہ میں اسے اپنے لئے آسان بنا سکوں۔

تو میں نے کیا کچھ نہیں کیا کہ میری زندگی اس حفاظت سے متاثر نہ ہو۔ میں نے اسے بیچنے کی کوشش کی۔ میں نے اسے دیوار میں چھپانے کی کوشش کی۔۔۔۔۔۔ اوہ میں نے کیا کچھ نہیں کیا کہ یہ کھڑکی میری زندگی کو متاثر نہ کرے۔ لیکن نتیجہ کیا ہوا؟ میں اپنے خاندان، نوکری، زندگی کو تقریباً کھو ہی بیٹھا۔ میں نے تقریباً کہا ہے کیونکہ کسی کی چھوٹی سی نیکی نے مجھے بچا لیا۔ اب اس نے وہ نیکی کیوں کی یہ اس کہانی کا موضوع نہیں ہے۔ یہ میری کہانی ہے اس کی نہیں۔ اگر اسے کبھی اپنی کہانی لکھنے کا موقع ملا تو شاید آپ یہ راز بھی جان لو مگر اس راز کے علاوہ میں سب کچھ آپ کو بتائے دیتا ہوں۔

اس قصے کے واقعات کوئی دو سال تک چلے اور کیا اہمیت ہوتی ہے بھلا اتنی بڑی زندگی میں محض دو سال کی۔ لیکن اس دوران مجھ پر اتنا کچھ گذرا کہ میرا یقین زندگی کی

برتر مقصدیت اور انسانیت کی اچھائی تک سے اٹھ گیا۔ یہ تو بہت بعد میں ہوا جب مجھے اس ساری شئے کا اصل مقصد سمجھ آیا اور میں نے کسی قدر متانت سے حالات کو سلجھانے کی کوشش کی مگر اس وقت سے پہلے تو میں گویا سب کچھ کھو چکا تھا۔

میں اس گھر میں مہینوں اکیلا رہا جس میں کوئی دوسرا شخص قدم رکھتے ہوئے بھی گھبراتا تھا۔ میں نے ان حالات میں بھی ہر ممکن کوشش کی کہ زندگی کو اسی عام نہج پر گذار سکوں جس کا میں عادی تھا لیکن وہ کوئی عام گھر نہیں تھا۔۔۔۔۔۔ مجھے یاد ہے وہ دن جب میں سونے کی کوشش کر رہا تھا اور بہت سے بھوت چھلانگیں لگا رہے تھے۔ میں نہیں جانتا کہ وہ کیوں چھلانگیں لگا رہے تھے۔۔۔۔۔ شاید کسی اکتائے ہوئے بھوت کے ذہن میں خیال آیا ہو گا

"کیوں نہ ہم ساری رات چھلانگیں لگائیں؟"

اور ہر ایک نے سوچا ہو گا کہ کتنا زبردست خیال ہے۔ وہ لوگ پورے انہماک اور جذبے سے چھلانگیں لگاتے رہے یہاں تک کہ میں انہیں صرف دیکھ دیکھ کر ہی اتنا اکتا گیا کہ میرے ذہن میں جاگنے والے خیالات بھی مجھے چھلانگیں لگاتے ہوئے محسوس ہوتے تھے۔

وہ ایسا کیوں کر رہے تھے؟ یہاں مت بھولئے کہ ان بھوتوں میں بھی بیوقوف ہوتے ہیں جیسے ہمیں عام انسانوں کے بیچ میں ملتے ہیں۔ یہ بھی جذباتی ہوتے ہیں، کوتاہ نظر ہوتے ہیں، بہت عام سے ہوتے ہیں۔ ان میں یقیناً کچھ ذہین بھوت بھی ہوتے ہوں گے مگر آپ عام زندگی میں کتنی بار ذہین لوگوں سے مل پاتے ہو؟ شاید کچھ ایسا ہی حساب یہاں بھی ہوتا ہو گا۔

تو جب آپ رات بھر سو نہیں پاؤ گے تو پھر بھلا کیسے اگلے دن دفتر جا کر روزمرہ کے

کام سر انجام دے سکو گے؟ اور یہاں کوئی فرق نہیں پڑتا کہ آپ کیا کام کرتے ہو۔ ان چیزوں سے متاثر ہونے کے لئے کوئی Rocket scientist ہونا ضروری نہیں بالکل مجھ جیسے اسسٹنٹ مارکیٹنگ مینیجر کے لئے بھی کام کرنا ناممکن ہو جاتا ہے۔ اور پھر یہ بھلا ایک رات کی بات تھوڑے ہی تھی ہر رات ایک نیا فسانہ ہوتا تھا۔

ایک مرتبہ ایک بوڑھی عورت تھی جو مجھے اپنی دکھ بھری بپتا سنا رہی تھی کہ کیسے اس کا شوہر اس وقت ایک حادثے میں مارا گیا جب وہ بالکل جوان تھی۔ اسے اس بات پر گہرا یقین تھا کہ اس نے اپنے شوہر کے احترام میں ایک پاکیزہ زندگی گذاری تھی۔ اس کا یہ یقین بہت گہرا تھا۔ گرچہ اس دوران میں اس نے نہ صرف چند ایک معاشقے بھی چلائے بلکہ چند لوگوں کے ساتھ تو وہ سوئی بھی

"میں نے اپنی جوانی کی دس ہزار راتیں اپنے شوہر کی یاد میں پاکیزگی سے گذار دیں۔۔۔۔۔۔ کیا تم مجھے ان بیس کے لئے قصوروار ٹھہراؤ گے جہاں میں ذرا سا لڑکھڑا گئی؟" اس نے معصومیت سے کہا اور میں واقعی سوچ میں پڑ گیا۔ وہ اتنا غلط تو نہیں کہہ رہی تھی۔ اس نے بہر حال ایک بڑی قربانی تو دی تھی۔ وہ ان بزرگوں کی طرح پاکیزہ تو بہر حال نہیں تھی جنہیں کبھی شر اور برائی کے خیال نے بھی چھوا نہ ہو (کیا ایسے بزرگ ممکن بھی ہیں؟) لیکن اگر عام دنیا کے معیار سے دیکھیں تو وہ خاصی معقول حد تک معصوم ہی تھی۔ شاید ہم انسانوں کے لئے یہ ضروری ہے بھی نہیں کہ ہم کہانیوں والے بزرگوں کی طرح ہو جائیں (ان بزرگوں کی زندگیوں میں بھی کئی تاریک پہلو pre-sainthood period میں ہوں گے پر ہم یہاں اس پر بات نہیں کرتے)۔ کہیں ایسا تو نہیں کہ شر کا ہمارے دلوں میں کوئی legitimate حصہ رکھ دیا گیا ہے۔ نیکی یہ نہیں ہے کہ ہم شیطان کو اس کے اس جائز حق سے محروم کر دیں بلکہ نیکی تو اس یقین کا نام ہے کہ روح شر سے

کبھی corrupt ہو ہی نہیں سکتی۔ ایسا بھی تو ہو سکتا ہے کہ انسانی روح ایک چلتی ندی کی طرح ہو جو اپنے اندر آلائشوں کو چھپاتی چلی جائے اور پھر بھی انسانوں کو استعمال کے واسطے پاکیزہ پانی مہیا کرنے پر قادر ہو۔

شاید اصل مقصد یہ نہیں ہے کہ ہم خدا بن جائیں (اگر ہم یہ کوشش کریں گے تو بری طرح ناکام ہو جائیں گے) جیسے کہ ہمارے مذہبی رہنما ہمیں بنانے کی کوشش کرتے ہیں بلکہ اصل مقصد یہ ہے کہ۔۔۔۔۔ ہم ان حالات میں بھی انسان رہ سکیں جب شیطان اس پوری دنیا کے بوجھ سے ہمیں تاریکیوں میں دھکیلنے کی سعی میں لگا ہو۔ وہ واحد چیز جو روح کو آلودہ کر سکتی ہے وہ نا امیدی کا احساس ہے۔ امید ہی وہ ڈھلان ہے جس سے یہ ندی چلتی ہے اور اگر امید ختم ہوئی تو یہ پانی رک جائے گا اور رک جانے پر تو شفاف سے شفاف پانی بھی پینے کے قابل نہیں رہتا۔

ہاں البتہ جب وہ پینتالیس برس کی ہو گئی تو اس نے اپنے آپ کو اس کھیل سے مکمل طور پر علیحدہ کر لیا۔ اس کے بعد آنے والی راتوں کو نہ تو اس نے اپنی قربانی کی دس ہزار راتوں میں گنا اور نہ ہی کسی غلط خیال نے تصور میں بھی اسے ستایا۔ وہ باقی کی زندگی مکمل طور پر عبادات، دعاؤں اور دوسروں کے ساتھ چھوٹی موٹی بھلائیاں کرنے میں گذار رہی تھی اور امید کرتی تھی کہ یقیناً ایک اچھی موت اس کی منتظر ہو گی۔

وہ ابھی مری نہیں تھی۔ وہ یقیناً کہیں بڑی مطمئن اور پر سکون زندگی گذار رہی تھی۔ میں نے البتہ اس سے نہیں پوچھا کہ وہ کہاں رہتی تھی۔ میں ''اُن'' کی زندگیوں میں اس سے زیادہ involve نہیں ہونا چاہتا تھا جتنا کہ بہت ضروری تھا۔ مجھے یہ بھی پتا تھا کہ اسے شاید خبر بھی نہ ہو کہ وہ مجھے یہ سب بتا رہی ہے۔ وہ تو شاید کہیں سو رہی ہو گی جب یہاں اس کی Astral body اس حیرت کدے میں میرے ساتھ بیٹھی تھی۔ تو اس کے

لئے وہ ایک عام رات ہو گی۔ بس شاید صبح کو اٹھتے ہوئے وہ سوچے

"کیا زبردست Feeling ہے۔۔۔۔۔۔ میں خود کو کتنا ہلکا اور پرسکون محسوس کر رہی ہوں۔"

پر وہ بوجھ جو میری روح پر بڑھتا جاتا تھا۔

ایسا صرف ایک بار ہوا جب میں اس گھر میں ملنے والے کسی شخص سے اصل زندگی میں بھی ملا۔ وہ ایک خود پسند اور گھٹیا شخص تھا جو کسی چائینیز ہوٹل میں کُک تھا۔ وہ ان لوگوں میں سے تھا جنہیں میں نے کئی مرتبہ اس گھر میں دیکھا۔ ایک دن سیڑھیوں میں بیٹھے ہوئے اس نے بتایا کہ وہ اکثر گاہکوں کے کھانے میں تھوک دیتا ہے۔ خاص طور پر جہاں اسے ذرا بھی شبہ ہو کہ کوئی اس کے کھانے پکانے کی صلاحیت پر شک کر رہا ہے۔ اس کے نزدیک ایسا کرنے میں کوئی غلط بات نہیں تھی۔ مجھے اعتراف کرنے دیں کہ نہ صرف وہاں میں نے اس سے اتفاق کیا بلکہ بعض اوقات تو اس کے بتائے گئے واقعات کو قدرے دلچسپی سے بھی سنا۔۔۔۔۔ ہم کتنے سکون سے اچھی خاصی کریہہ اور بھیانک چیزوں کو دیکھ سکتے ہیں جب وہ ہم سے متعلق نہ ہوں۔ جیسے دور دراز پہاڑوں سے نکلتا لاوا کتنا بھی گرم ہو ہمارے جسم میں کسی کافی کے کپ جتنی گرمی بھی پیدا نہیں کر سکتا۔ ہاں مگر جب ہم اس تصویر میں آتے ہیں تو گویا سب کچھ بدل جاتا ہے۔

میں ہوٹل میں اپنے دفتر کے دوسرے ساتھیوں کے ساتھ بیٹھا ہوا تھا جہاں ہم اپنے نئے مارکیٹنگ ڈائرکٹر کر خوش آمدید کہنے کے لئے آئے تھے۔ ہم تیس چالیس لوگ اپنا آڈر لکھوا رہے تھے کہ ایسے میں مارکیٹنگ ڈائرکٹر نے فرمائش کی کہ کُک کو بلوایا جائے کیونکہ وہ اسے کچھ خاص ہدایات دینا چاہتا ہے۔ یہ کوئی بہت اہم بات نہیں تھی پر میری پریشانی انتہا کو پہنچ گئی جب میں نے دیکھا کہ وہی آدمی ہمارے سامنے آ کھڑا ہوا۔ اس کے

چہرے پر اس وقت اور ہی تاثرات تھے جیسے دنیا میں ہمارے مارکیٹنگ ڈائیرکٹر سے اہم اس کے لئے کوئی ہو ہی نہ۔ اور وہ ایسی توجہ سے اس کی ہدایات کو سن رہا تھا جیسے لوگ مذہبی sermons کو سنتے ہیں۔ اور مجھے کہنے دیں کہ وہ ساری ہدایات انتہائی فضول اور واہیات تھیں اور وہ جتنی محبت و توجہ سے اسے سن رہا تھا وہی اس کو مستحق بناتی تھی کہ وہ بغیر کسی Guilt کے اس کے کھانے میں تھوک سکے۔۔۔۔۔ تو میں یہاں تک تو اس کے استحقاق کا قائل تھا لیکن کیا وہ صرف اسی کی ڈش میں تھوکے گا؟ اوہ خدایا۔۔۔۔۔ میں نے کبھی سوچا بھی نہیں تھا کہ میں بھی کبھی اس صورتحال کا شکار ہو جاؤں گا۔ آخر ہم اس شخص کے پہلو میں بیٹھے ہوئے تھے اور اس کی ہر بات پر یوں سر دھن رہے تھے جیسے وہ کوئی اشلوک پڑھتا ہو۔ ایسے میں کک جیسی ذہنی استعداد کا شخص کیسے سمجھتا کہ ہم اس کے ساتھ نہیں ہیں۔ بہت ممکن تھا کہ وہ کسی مہربان لمحے میں مارکیٹنگ ڈائرکٹر کو تو معاف کر بھی دیتا کہ شاید خدا نے اسے بنایا ہی ایسا annoying ہو مگر ہمارے کھانے میں وہ ہر حال میں دو مرتبہ تھوکتا کہ ہم اپنی مرضی اور خوشی سے اس جیسے شخص کے ساتھ کیوں ہیں۔

میں نہیں سمجھ پا رہا تھا کہ مجھے کیا کرنا چاہیے؟ مجھے کھانا تو کھانا ہی تھا ورنہ بگ باس اسے کبھی معاف نہیں کرے گا لیکن کوئی آنکھوں دیکھا تھوک بھلا کیسے نگلے؟ پھر کون جانے کہ بھائی صاحب نے تھوک کہاں پھینکا ہو گا؟ یہ چائنیز کھانے تو ہوتے بھی ایسے ہی ہیں کہ آپ جان نہیں سکتے۔ بعد میں میں نے صرف چند گلاس پانی پینے اور کچھ کھیرے کھانے پر اکتفا کیا(یہ علیحدہ بات ہے کہ اس دن مجھے کھیرے بھی کچھ زیادہ نرم اور slivy سے محسوس ہوا)۔ ہر ایک مجھ سے پوچھ رہا تھا کہ میں کچھ کھا کیوں نہیں رہا ہوں بلکہ مجھے لگا کہ مارکیٹنگ ڈائرکٹر نے بھی اس کا نوٹس لیا تھا۔

میں نے کچھ ہفتوں کے بعد اس کک کو اپنے گھر میں پایا اور میں نے کوشش کی کہ

اس سے پوچھوں کہ اس دن اس نے ہمارے کھانے میں تھوکا تھا یا نہیں۔۔۔۔۔ لیکن یہ بہر حال ایک ناممکن کام ثابت ہوا۔ یہ ایسے ہی تھا جیسے آپ کسی کتے سے پوچھو کہ تمہیں وہ کار یاد ہے جس کے پیچھے تم دو ہفتے پہلے بھاگے تھے۔ اس معاملے میں اس کی یادداشت سے کچھ نکلوانا ایسا ہی کراہت انگیز اور غلیظ تھا جیسے گلتے سڑتے ہوئے تعفن زدہ کوڑے کے ڈھیر سے کسی کو کوئی انگوٹھی ڈھونڈنے کو کہا جائے۔ میں نے تنگ آکر موضوع ہی بدل دیا۔

اب آپ کو اندازہ ہو گیا ہو گا کہ کیسے یہ چیز میری زندگی پر اثر انداز ہوئے چلی جا رہی تھی۔ ہر لمحہ جو میں اس گھر میں گذارتا تھا مجھے باقی ساری دنیا سے دور لئے جا رہا تھا۔ مجھے یہ سب پسند نہیں تھا مگر کیا کرتا کہ اب یہی میری زندگی تھی۔ میری حالت اس کتے کی سی تھی جو اب سڑک کنارے ٹانگ اٹھا کر پیشاب بھی نہیں کر سکتا تھا۔ آپ نے یقیناً کتوں کو بڑی بے نیازی سے اس عمل میں مشغول دیکھا ہو گا اور اگر آپ تھوڑے سے نازک طبع واقع ہوئے ہیں تو یہ عمل آپ کو الجھن میں بھی ڈال دے گا لیکن یہ عمل ہے تو وہی جو ہم سب کرتے ہیں۔ مانا کہ تب کوئی ہمیں دیکھ نہیں رہا ہوتا مگر بات تو وہی ہے نہ۔ تو اب میری زندگی بھی جیسے اپنا تقدس کھو بیٹھی تھی۔ میری گرد اٹھائی گئی جھوٹی دیواروں کو گرا دیا گیا تھا اور میں اب ہزاروں لوگوں کے شہر میں بے پردہ کھڑا سوچتا تھا کہ کیا کروں؟

میں نے شروع میں فیصلہ کیا کہ میں اسے کرائے پر دے دیتا ہوں۔ گو مجھے کھڑکی والی شق کا ادراک تو تھا لیکن میں سوچتا تھا کہ بھلا کتنا مشکل ہو گا کرائے داروں کو سمجھانا کہ وہ پورا گھر استعمال کر سکتے ہیں بس ایک کھڑکی ہے جو انہیں نہیں کھولنا ہے۔ لیکن یہ ناممکن ثابت ہوا۔ اور یقین کیجئے کہ میں ایک ہی کوشش میں دل چھوڑنے والا نہیں تھا لیکن جب اس گھر میں ایک کرائے دار اپنی جان سے ہاتھ دھو بیٹھا تو مجھے اپنا خیال بدلنا پڑا۔ پراپرٹی

ڈیلرز نے بھی مجھے صاف کہ دیا کہ

”آپ کے پاس ایک آسیب زدہ گھر ہے۔ بہتر ہے کہ آپ اسے اپنے ہی پاس رکھیں۔ ہم بہر حال کسی ناحق قتل میں ہرگز شریک نہ ہوں گے۔“

”میں اس آسیب زدہ گھر کے ساتھ کیا کروں؟ یہ ایک ایسا سوال تھا جس کے جواب میں مجھے کوئی بھی interested نہیں نظر آتا تھا۔ شاید دنیا ایسی ہی ہے۔ کچھ چیزیں ایسی ہیں جہاں لوگ اپنی ذہنی صلاحیتوں کو ضائع کرنا مناسب نہیں سمجھتے۔ یہ ان کے لئے جیسے کسی بند گلی کی طرح ہوتی ہیں۔ تو اگر آپ کے پاس ایک آسیب زدہ گھر ہے تو اسے تالا لگائیے اور انتظار کیجئے کہ آپ کی زندگی اس سے باہر گذرتی رہے۔“

مجھے لگتا ہے کہ سب لوگ آغاز میں ایسا نہیں سوچتے ہوں گے۔ یہ تو شاید وہ انجام ہے جس پر وہ بالآخر settle ہوتے ہوں گے۔ میرے ساتھ بھی کچھ ایسا ہی معاملہ تھا۔ میں ایک بڑی نارمل سی زندگی گذار رہا تھا۔ میری بیوی تھی، دو بچے تھے ایک کمپنی میں اچھی خاصی نوکری تھی۔ ہم کبھی کبھار جھگڑتے تھے۔ سال میں ایک بار سیر کے لئے پہاڑوں پر بھی جاتے تھے۔ غرض میری زندگی میں کوئی ایسی بات نہیں تھی جو مجھے کسی بھی طرح سے ممتاز بناتی۔ ایسے میں جب ایک دن دروازے کی گھنٹی بجی اور نوکرانی نے کہا کہ کوئی وکیل صاحب آپ سے ملنا چاہ رہیں ہیں تو مجھے بے حد حیرت ہوئی۔ مجھے لگنے لگا تھا کہ میری زندگی اتنی عام اور بے رنگ تھی کہ اس میں اتفاق سے بھی کوئی مختلف واقعہ نہیں ہو سکتا ہے۔ ایسے میں مجھے جب بتایا گیا کہ میرے ماموں کرنل شیر دل کا انتقال ہو گیا ہے اور وہ میرے لئے ایک گھر چھوڑ گئے ہیں تو میری بیوی کا چہرہ جیسے کِھل سا گیا۔ جیسے اسے لگا ہو کہ زندگی میں ہم جس تبدیلی یا بہتری کا خواب دیکھ رہے تھے وہ شاید اب حقیقت بن سکے۔ میں البتہ تھوڑا پریشان تھا۔ چاہتا تو یہی تھا کہ فوراً ہی ”شکریہ“ کے الفاظ کے ساتھ

گھر واپس کر دیتا مگر "کیسے"؟ یہ سوال اہم تھا۔ کرنل شیر دل نے کبھی شادی نہیں کی تھی اور ان کا میرے علاوہ کوئی رشتہ دار بھی نہیں تھا۔ ان کا پورا خاندان تقسیم کے ہنگام میں مار ڈالا گیا۔ صرف میرے نانا ہی اپنے خاندان کے ساتھ بڑی مشکل سے جان بچا کر آ پائے تھے۔ میری ماں کی شادی تو نانا کی زندگی میں ہی ہو گئی تھی۔ لیکن پھر جلد ہی نانا نانی ایک ٹریفک کے حادثے میں مارے گئے تو دنیا میں شیر دل ماموں کا میری ماں کے سوا کوئی بھی نہ رہا۔

وہ اس وقت آرمی میں تھے۔ مجھے یاد ہے کہ جب وہ ہمارے نانا نانی کی وفات پر آئے تو بالکل بھی اداس نہیں لگ رہے تھے۔ وہ بس خاموشی سے گھر کے ایک کونے میں آ کر بیٹھ گئے اور ایک چھپکلی کو دیکھے جا رہے تھے۔ وہاں موجود لوگوں کو لگا کہ وہ شاید بہت دلبر داشتہ ہیں اور ہوش کھو بیٹھے ہیں مگر میں جانتا تھا کہ وہ ضرور اس چھپکلی سے staring contest کر رہے تھے۔ میں شاید انہیں کچھ زیادہ ہی اچھی طرح جانتا تھا۔ آپ ان کے چہرے پر مت جاؤ۔ یہ مت سوچو کہ وہ کیا کہہ رہے ہیں۔ حقیقت یہی تھی کہ وہ بہت عجیب انسان تھے۔ وہ پوری زندگی ہی عجیب سے انداز میں زندہ رہے اور شاید انہیں کوئی بھی اس طرح نہیں جانتا ہو گا جس طرح میں جانتا تھا۔ حتیٰ کہ شاید اس چھپکلی کو بھی کوئی اندازہ نہیں تھا کہ وہ کس کے مقابل ہے۔۔۔۔۔ اس سے کوئی فرق نہیں پڑتا کہ evolution نے اس چھپکلی کو ایسے کسی مقابلے کے لئے لاکھوں سالوں میں تیار کیا تھا لیکن وہ پھر بھی ہارنے والی تھی۔ آخری ہنسی ہمیشہ کرنل شیر دل کی ہی ہوتی تھی۔

انکے بارے میں میرا پہلا impression بڑا مختلف تھا۔ وہ ایک کسرتی جسم کے مالک تھے (بالکل میرے بابا سے الٹ جو کہ میری طرح نرم تھے) اور اوپر سے وہ آرمی میں بھی تھے تو میں بچپن سے ہی انہیں آئیڈیلائز کرتا تھا۔ میں نے کئی مرتبہ انہیں اپنے

خوابوں میں بھی دیکھا جہاں وہ جھٹ سے کئی وحشی عفریتوں کو ٹھکانے لگا دیتے۔ وہ اپنی چھٹیوں کے دوران ہمارے گھر آجاتے تھے۔ میری امی ہمیشہ انہیں میرے سامنے والا کمرہ دیتی تھیں۔ میں اس عمر میں بڑا مختلف تھا۔ آپ تو جانتے ہی ہو گے کہ ایسی عمروں کے بچے کیسے ہوتے ہیں۔ وہ بڑی جلدی لوگوں سے متاثر ہو جاتے ہیں اور پھر ایسی عمر میں بھلا کون ایک وجیہہ آرمی آفیسر سے متاثر ہوئے بنا رہ سکتا ہے؟ وہ ہمیشہ ایک پستول اپنی کمر میں لگائے رکھتے اور میں تو جیسے ان کی پرستش سی کرتا تھا۔ سکول سے آنے کے بعد میں سارا دن ان کے پیچھے ہی گھومتا رہتا۔ وہ جیسے کوئی سورج تھے اور میں سورج مکھی۔

ایک دن ان کے کمرے کا دروازہ بند تھا اور میں نے تالے کے سوراخ سے اندر دیکھا (میں نہیں جانتا کہ میں نے ایسا کیوں کیا۔۔۔۔ شاید میرے پاس اس وقت کرنے کو کوئی بہتر چیز تھی ہی نہیں) لیکن میں نے جو دیکھا اس نے میری ان کے بارے میں رائے ہمیشہ کے لئے بدل دی۔ وہ فرش پر بیٹھے ہوئے تھے اور ان کے ہاتھ میں ایک معصوم کالے رنگ کا پرندہ پھڑپھڑا رہا تھا۔ ان کی آنکھیں بند تھیں اور ان کے ہونٹ ہل رہے تھے جیسے وہ کچھ پڑھ رہے تھے۔ اور پھر انہوں نے اپنے خالی ہاتھوں سے پرندے کی گردن کو اس کے جسم سے علیٰحدہ کر دیا۔ پرندے کے جسم سے خون کی پچکاریاں سی نکلیں اور ایسی میں انہوں نے اپنی آنکھیں کھولیں جو خود بھی سرخ ہو رہی تھیں۔ وہ عجیب آنکھیں تھیں ایسا لگتا تھا جیسے وہ تالے کے سوراخ سے بھی مجھے دیکھ رہی تھیں۔ میں گھبرا گیا اور بڑی مشکل سے خود کو گرنے سے روک پایا۔ میں بھاگتا ہوا اپنے کمرے کو گیا اور دروازہ لاک کر کر بستر میں گھس گیا۔ لیکن وہ منظر گھنٹوں تک میری آنکھوں کے سامنے رہا۔ میں نہیں جانتا تھا کہ وہ کیا تھا۔۔۔۔ شرم، افسوس یا پھر خوف۔۔۔۔ لیکن مجھے اچھی طرح یاد ہے کہ اس دن میری امی کو گھسیٹ کر مجھے کھانے کی میز تک لے جانا پڑا۔

وہاں وہ بڑے مزے سے چکن کھا رہے تھے جیسے کچھ ہوا ہی نہ ہو۔ ہاں البتہ جب سب لوگ کھانے وغیرہ میں مصروف ہو گئے تو انہوں نے مجھے عجیب نظروں سے دیکھا جیسے کہہ رہے ہوں کہ "بچو میں سب جانتا ہوں"

وہ واقعہ ہمارے تعلق کا turning point تھا۔ اس کے بعد میں ہمیشہ ان سے خوفزدہ ہی رہا۔ اور میں یہ بھی نہیں کہہ سکتا کہ انہوں نے بھی کبھی اس فاصلے کو کم کرنے کی کوشش کی ہو۔ ان کے لئے تو میں جیسے ایک بیکار، gigantic looser تھا جس پر وہ اپنا وقت بھلا کیوں برباد کرتے؟

میری ماں نے بڑی کوشش کی کہ ان کی کہیں شادی طے کر پائیں مگر وہ اس کے لئے تیار ہی نہ تھے اور انہیں جو بھی لڑکی دکھائی جاتی وہ اس کا مذاق اڑاتے۔ ان کی شادی تو نہ ہو سکی مگر میری ماں نے رشتے ڈھونڈنے کی کوشش کبھی ترک نہ کی۔ ان کے لئے یہی ایک طریقہ تھا کہ انہیں زندگی میں واپس لے کر آیا جا سکتا۔ پھر ایک بیماری نے امی کی جان لے لی تو جیسے ہمارے بیچ کچھ مشترک رہا ہی نہیں۔ میرے بابا کو بھی ان کی پروا نہیں تھی اور وہ تو تھے ہی ایسے ہی لا ابالی۔ اس کے بعد تو جیسے میں بھول ہی گیا کہ میرے ایک ماموں بھی ہیں یہاں تک کہ وکیل صاحب نے بتایا کہ وہ میرے لئے ایک گھر چھوڑ گئے ہیں۔

جب وکیل صاحب نے مجھے بتایا تو شروع شروع میں مجھے لگا کہ وہ مذاق کر رہے ہیں۔ میں نے اپنے ماموں کے بارے میں بیس سال سے کچھ نہیں سنا تھا۔ وہ بھلا میرے لئے کچھ کیوں چھوڑ کر جانے لگے؟ سچ بتاؤں تو میں بالکل بھی interested نہیں تھا مگر میری بیوی خوشی سے پاگل ہوئی جا رہی تھی۔ گو میں اس وقت ایک مناسب نوکری کر رہا تھا مگر ہمارے لائف سٹائل میں پیسہ ہمیشہ کم ہی نظر آتا تھا اور ایسے میں یہ کوئی ایسی چیز نہیں تھی جسے ہم یونہی جانے دیتے۔

ہماری شادی کے بعد وہ پہلی رات تھی جس میں میری بیوی نے صحیح معنوں میں مجھے پیار کیا۔ اس سے پہلے تو وہ جیسے مجھ پر کوئی احسان اتار رہی ہوتی تھی مگر اس رات جیسے میں کوئی شہنشاہ تھی اور وہ کوئی کنیز۔ اگلے دن ہم اکٹھے گھر دیکھنے کے لئے گئے۔ شہر سے باہر بہت سے امیر لوگوں نے بڑے بڑے فارم ہاوسز نما گھر بنا رکھے تھے اور یہ بھی انہی میں سے ایک تھا۔ زمین خاصی قیمتی تھی اور گھر بھی خاصا بڑا دکھائی دیتا تھا اور سب کچھ تھا بھی بالکل نیا۔ مجھے بتایا گیا کہ گھر بالکل نیا تھا اور میرے ان کل کو ابھی اس میں رہنے کا موقع بھی نہیں ملا تھا۔ وکیل نے مجھے سارے کاغذات دکھائے اور سب کچھ سچ بتاؤں تو بہت ہی excitingلگ رہا تھا سوائے ایک چھوٹی سی شق کے جو کچھ عجیب نظر آرہی تھی۔ وہ شق کچھ یوں تھی کہ فرسٹ فلور پر موجود بیڈروم کی کھڑکی کو ہر حال میں بند رکھنا ہو گا۔ اسے کسی بھی صورت میں نہیں کھولا جائے گا۔ وکیل نے اس شق کو تین مرتبہ ٹھہر ٹھہر کا پڑھا(شاید اسے لکھا ہی اس طرح گیا تھا) لیکن سچ بتاؤں تو اس وقت میں نے اسے ایک مرتبہ بھی نہیں سنا۔ میں نے کاغذات پر دستخط کئے اور وہ گھر میرا ہو گیا۔

تو خوش قسمتی کے ایک داؤ سے ہم اس خوبصورت گھر کے مالک بن گئے۔ ہم اس کے خالی کمروں میں بڑی دیر تک گھومتے رہے۔ ہم نے اس کھڑکی کو بھی بڑی توجہ سے دیکھا جس کے بارے میں وہ شق لکھی گئی تھی اور ہمیں تو اس میں کوئی خاص بات نظر نہیں آئی۔ سب کچھ بہت ٹھیک لگ رہا تھا لیکن مجھے معلوم تھا کہ سب ٹھیک نہیں ہے۔ میں اپنے ان کل کو بہت اچھی طرح سے جانتا تھا۔ وہ گھر میرے لئے بالکل بھی کوئی تحفہ نہیں تھا بلکہ ایک امتحان تھا اور اس سارے راز کی کنجی اس کھڑکی میں تھی۔ لیکن میں یہ سب اپنی بیوی کو بتا کر اس کی خوشی خراب نہیں کرنا چاہتا تھا۔

"لیکن میں یہ بلی چوہے کا کھیل کھیلوں گا نہیں۔ میں جلدی سے اسے بیچ ڈالوں گا اور

اس امتحان سے نکل آؤں گا۔" اگرچہ بعد کے واقعات نے ثابت کیا کہ میں کتنا غلط سوچ رہا تھا مگر کم از کم اس وقت تو مجھے ایسے ہی لگتا تھا۔ میں نے کچھ رئیل اسٹیٹ کے لوگوں سے بات کی اور ان سب نے مانا کہ یہ یقیناً بہت قیمتی پراپرٹی تھی لیکن ہر ایک نے مجھے یہی مشورہ دیا کہ میں اسے ابھی نہیں بیچوں۔ ایک تو وہ علاقہ ابھی شہر سے باہر تھا اور ڈیولپ ہو رہا تھا اس لئے کچھ ہی سالوں کا انتظار مجھے خاصی بہتر قیمت دلوا سکتا تھا اور پھر پراپرٹی کی مارکیٹ ویسے بھی خاصی ڈاؤن تھی۔ شاید سب سے بہترین آپشن یہی تھی کہ اسے کرایہ پر چڑھا دیا جائے۔ اس طرح نہ صرف ایک لگی بندھی آمدنی آتی رہے گی بلکہ گھر بھی میرا ہی رہے گا اور میں اسے جب چاہوں بیچ سکتا تھا۔

"ایسی خوبصورت جگہ کے لئے آپ کو کرایہ دار ڈھونڈنے میں بالکل بھی مشکل نہیں ہوگی" ایک پراپرٹی ڈیلر نے کہا اور میں نے سوچا کہ "کیوں نہیں؟"۔ میرے پاس میری جاب تھی اور یہ کرایہ میرے اوپر کے خرچوں کے لئے کافی ہوگا۔ پراپرٹی والا اگلے ہی دن ایک نوجوان جوڑے کو لے کر آگیا جو ایسی خوابناک جگہ میں رہنے کے تصور سے خاصے excited لگ رہے تھے۔ سب کچھ طے ہو گیا اور میں نے انہیں خاص طور پر بتا بھی دیا کہ اس کھڑکی کو کسی صورت میں کھولا نہیں جائے گا۔ انہوں نے اثبات میں سر ہلا دیا لیکن مجھے لگا جیسے وہ اس بات کو بہت سنجیدگی سے نہیں لے رہے۔ پہلے مجھے لگا کہ سنجیدگی سے نہیں لیتے تو میں کیا کروں میرا کام تھا انہیں بتا دینا۔ لیکن بات اتنی سادہ تھی نہیں۔

میں اسے ایک مثال سے سمجھانے کی کوشش کرتا ہوں۔ آپ کسی آرمی کی بیرک میں جانے کی کوشش کرو جہاں عام لوگوں کا داخلہ ممنوع ہوتا ہے۔ آپ گیٹ پر جاؤ گے تو آپ کو بڑے واضح انداز میں بتا دیا جائے گا کہ آپ یہاں نہیں جاسکتے۔ لیکن اگر آپ اپنے

قدم روکو گے نہیں تو وہ آپ کو کالر سے پکڑے گا اور گھسیٹتا ہوا دور سڑک پر لے جا پھینکے گا۔ وہ ایسا ہی کرے گا کیونکہ وہ اسی لئے تو یہاں ہے۔ اسے یہاں اس لئے کھڑا نہیں کیا گیا کہ وہ دوستانہ انداز میں لوگوں کو کہتا پھرے کہ وہ یہاں جائیں یا نہیں۔ اس کا کام تو یہ ہے کہ کوئی بھی یہاں سے بلا اجازت اندر نہیں جانے پائے۔ تو وقت نے مجھے بھی ایسے ہی ایک گیٹ پر لا کھڑا کیا تھا۔ اور یہ وہ نوکری تھی جسے میرے سر پر لاد دیا گیا تھا۔

میں نہیں جانتا کہ اس کھڑکی کے کھولنے سے کون سی قیامت ٹوٹ پڑنی تھی؟ کون جانے کے کیا ہوتا؟۔ جیسے کوئی پنڈورا باکس ہے جس کے کھلنے سے ہزاروں برس سے چھپے عفریت دنیا پر جھپٹ پڑتے ہیں یا پھر ایک ایٹم کو پھاڑنے سے کتنا بڑا دھماکہ کیا جا سکتا ہے۔ میں نہیں جانتا تھا اور اسی لئے میں انہیں اس کھڑکی کے کھولنے کی اجازت نہیں دے سکتا تھا۔

میں نے انہیں واپس بلایا اور دوبارہ کہا "یہ ایسے نہیں چلے گا۔ مجھے لگتا ہے کہ تم لوگ وہ کھڑکی ضرور ہی کھولو گے۔"

"آخر تم ایک کھڑکی کے پیچھے ہی کیوں پڑ گئے ہو۔ ایک Goddamn کھڑکی کھولنے سے بھلا کیا ہو جائے گا" اس نے کہا۔

"تمہیں کوئی اندازہ نہیں ہے۔" میں نے سرد لہجے میں کہا۔ حالانکہ حقیقت یہ تھی کہ مجھے بھی کوئی اندازہ نہیں تھا کہ کیا ہونے والا تھا۔

"اگر ایسا ہے تو آپ رکھو اپنا گھر۔۔۔۔ ہمیں نہیں رہنا یہاں۔ میرے خاندان کی حفاظت میرے لئے سب سے اہم ہے۔" اس نے جواب دیا اور بیوی کو لے کر چلا گیا۔

اور وہ صحیح تھا۔ کوئی بھی اپنے ہوش و حواس میں ایسے چیز پر بھلا کیوں رضامند ہونے لگا۔ مجھے جلد از جلد اس مسئلے کا کوئی حل سوچنا تھا کیونکہ اگر میرے گھر کی کوئی عجیب و

غریب شہرت پھیل جاتی تو نہ صرف اسے کرائے پر دینا مشکل ہو جاتا بلکہ بعد میں میں اسے بیچ بھی نہیں پاتا۔ تو پھر کیا کیا جائے ؟ایک حل تو یہ تھا کہ تھوڑی محنت سے اس کھڑکی کو مستقل طور پر بند ہی کر دیا جائے۔ یہ بیڈروم میں تھی اور اگر میں اس کے آگے ایک خوبصورت سا آتشدان بنا دیتا تو کمرہ خوبصورت بھی نظر آتا اور میرا مسئلہ بھی ہمیشہ کے لئے حل ہو جاتا۔ میں نے اس کے لئے ایک interior designer کو بلوایا تا کہ وہ نہ صرف کوئی خوبصورت سا آتشدان مجھے تجویز کر دے۔ وہ ایک ناراض سی خاتون تھی اور میری بات سن کر اس نے مجھے ایسے دیکھا جیسے میں کوئی بیوقوف ہوں۔ ”Who made fire places in this part of the world“۔ میرے اصرار پر اس نے ایک نظر کمرے پر ڈالی مگر جب کھڑکی کو دیکھا تو اس نے گویا صاف ہی انکار کر دیا۔ آپ سوچ نہیں سکتے کہ یہ کھڑکی ہوا اور روشنی کے لئے کتنی ضروری ہے۔ اور یہ دیکھیں کہ باہر کا کتنا خوبصورت نظارہ یہاں سے دیکھا جا سکتا ہے۔ وہ آگے بڑھی تا کہ کھڑکی کھول کر مجھے دکھا دے مگر میں نے اس کا ہاتھ پکڑ لیا اور ذرا سختی سے کہا۔ مجھے اس کھڑکی کے سامنے ایک آتشدان چاہیے اور بس۔

اس نے میری طرف بے یقینی سے دیکھا اور میرا ہاتھ جھٹک کر باہر کی طرف چل دی۔

”کیا؟ آپ کہاں جا رہی ہو؟“

”میں ایک آرٹسٹ ہوں اور میں اس کمرے کی integrity پر سمجھوتہ نہیں کر سکتی“

میرے دل سے پوچھیں تو میں اس وقت اسے ہزار صلواتیں سنا رہا تھا لیکن مجھے اس کی ضرورت تھی اس لئے میں نے اپنے غصے پر قابو پاتے ہوئے اسے بڑے سکون سے

ساری کہانی سنادی۔ پتہ نہیں کیوں مجھے لگا کہ اگر اسے ساری سچوئیشن سمجھادی جائے تو وہ شاید کام پر رضامند ہو جائے۔

"یہ تو زیادہ بڑی وجہ ہو گئی کھڑکی کو نہ بند کرنے کی۔ آپ کو اندازہ ہے کہ ایسی کھڑکی کو بند کرنے کا مطلب کیا ہے؟ اگر ہم انسانوں کے پاس اس قسم کی کھڑکیاں نہ ہوتیں تو ہم ابھی تک غاروں میں رہ رہے ہوتے۔ میرے نزدیک ایسے خوبصورت راز کو چھپانا جرم ہے اور میں ایسے جرم میں شریک نہیں ہو سکتی۔ وہ پھر باہر جانے کو نکلی اور اب کی بار میں نے اسے روکنے کی کوشش بھی نہیں کی۔

ایک تو یہ ہو سکتا تھا کہ میں اس کمرے میں کچھ سامان رکھ کر اسے لاک کر دیتا اور ہر کرایہ دار کو بتادیتا کہ اس کمرے کو کھولنا نہیں مگر مجھے اس طرح سے تسلی نہیں ہونے والی تھی۔ ایک چیز یہ ہو سکتی تھی کہ اس کھڑکی کے سامنے لکڑی کی بڑی سی بک شیلف بنوادی جائے۔ اس کے لئے تو کسی آرکیٹکٹ کی بھی ضرورت نہیں تھی۔ میں اگلے ہی دن ایک کارپینٹر کو پکڑ لایا اور اور کچھ ہی دنوں میں اس نے ایک مضبوط لکڑی کی الماری بنادی جس کے پیچھے وہ ساری کھڑکی ایسے چھپی کہ جیسے کبھی تھی ہی نہیں۔

اب کی بار جو کرایہ دار ملا وہ چھوٹے قد کا funny سا شخص تھا۔ پر بہت سے لوگ ہوتے ہیں جن کی شکل ایسی ہوتی ہے۔ اب گھر دیتے ہوئے مجھے یہ تو نہیں کہا گیا تھا کہ میں اسے کسی مزاحیہ شکل کے شخص کو کرایے پر نہیں دوں گا۔ وہ لوگ اگلے ہی دن اپنا سامان لے کر آ گئے۔ اس کے دو تین بیوقوف سے بچے تھے اور ایک بہت سادہ سی موٹی بیوی تھی۔ میں کچھ کاغذات سائین کروانے کے لئے گھر میں گیا اور مجھے ایک عجیب سا احساس ہوا جیسے وہ بہت پر جوش ہو۔

"نئے گھر میں جاتے ہوئے لوگ تھوڑے excited تو ہوتے ہی ہیں۔ یہ تو فطری

سی بات ہے۔" میں نے خود کو تسلی دینے کی کوشش کی۔

لیکن وہاں کچھ نہ کچھ عجیب بات تھی ضرور۔ اس خاندان کے ہر فرد کی آنکھیں تھوڑی دیر میں اس کمرے کی طرف اٹھ جاتی تھیں جہاں وہ کھڑ کی تھی۔ پتہ نہیں کیوں مجھے لگتا تھا جیسے وہ اس کھڑ کی کا راز جانتے ہوں۔

خیر میں وہاں سے آ گیا۔ میں نے کوشش کی کہ ایک اچھی فلم دیکھ لوں، پیپسی کے دو کین پیے، شاور لیا لیکن کچھ تھا جو مجھے تنگ کر رہا تھا۔ کوئی تھا جو میرے اندر چیخ رہا تھا کہ کچھ گڑبڑ ہے۔ ایک گھنٹے میں میں نے تنگ آ کر فیصلہ کیا کہ جا کر مجھے اس گھر کو دیکھ لینا چاہیے۔ وہاں دروازہ بند تھا۔ گھنٹی بجائی تو کافی دیر تک کوئی نہ نکلا اور پھر نکلا تو وہ بیوقوف سا لڑکا اور اس کی نظر جب مجھ پر پڑی تو اس نے مجھے ایسے دیکھا جیسے اس نے کوئی بھوت دیکھ لیا ہو۔ وہ بھاگتا ہوا اندر گیا اور باپ کو بلا لایا۔ باپ اپنی طرف سے سنجیدہ نظر آنے کی کوشش کر رہا تھا لیکن میں صاف دیکھ سکتا تھا کہ سب ٹھیک نہیں ہے۔ اس کے بالوں میں لکڑی کا برادہ گھسا ہوا تھا۔ وہ یقیناً کچھ کر رہا تھا

"کیا ہو رہا تھا؟" میں نے ڈھٹائی سے پوچھا

"کیا مطلب؟" وہ خوفزدہ ہو گیا۔

"میں بتاتا ہوں کہ کیا مطلب" میں اسے دھکا دے کر گھر میں داخل ہو گیا۔ اس کمرے کا دروازہ کھلا تھا۔ میں نے انہیں موقع ہی نہ دیا کہ وہ مجھے روکتے۔ میں سیدھا اس کمرے میں گیا اور مجھے اندازہ ہوا کہ میں کتنے صحیح وقت پر آیا تھا۔ وہ لوگ ایک کلہاڑی سے بک شیلف کو توڑنے میں لگے ہوئے تھے۔

"یہاں کیا ہو رہا تھا؟"

وہ کچھ دیر تو خاموش کھڑا رہا "مجھے لگا کہ تم نے اس کھڑ کی میں کچھ خزانہ چھپا رکھا

ہے" اس کے ہونٹ کپکپائے

"تمہارا دماغ تو ٹھیک ہے۔ یہ ایک کھڑکی ہے کوئی الماری نہیں کہ میں اس میں کچھ چھپا سکوں۔ یہ صرف ایک کھڑکی ہے۔"

"تو پھر تم نے اس کے سامنے یہ بک شیلف کیوں بنوادی تھی؟" اس نے پوچھا

"وہ تو۔۔۔۔۔۔" میں پہلے تو کچھ کہنے لگا مگر پھر رک گیا۔ "کمینے انسان۔ میں تمہیں کیوں اس کے لئے جواب دیتا پھروں۔ اب دفع ہو جاؤ میرے گھر سے اور اپنا سارا سامان بھی لے جاؤ ورنہ میں اس سارے کاٹھ کباڑ کو آگ لگادوں گا۔۔۔۔۔۔ سمجھے؟"

اس نے کوشش کی کہ میں اسے تھوڑا اور وقت دے دوں تاکہ وہ کوئی گھر ڈھونڈ سکے لیکن میں نے دوسری بات ہی نہیں کی۔ میں نے لکڑی کا ایک ٹکڑا اٹھایا اور اسے شیشے کی ٹرالی پر دے مارا۔ ٹرالی ٹکڑے ٹکڑے ہوگئی۔

"تمہارے پاس صرف چند گھنٹے ہیں ورنہ میں پورے سامان کا یہی حشر کروں گا۔"

اب اسے سمجھ آگئی اور وہ جلدی سے ٹرک لینے کو بھاگا۔ اگلے چند گھنٹوں کے بیچ جب مزدور لوگ اس کا سارا سامان ٹرک میں ڈال رہے تھے تو اس کے بیوقوف بچے اور موٹی بیوی کمرے کے کونے میں بیٹھے تھر تھراتے رہے۔

جب وہ چلے گئے تو میں نے گھر کو اچھی طرح سے لاک کیا اور واپس آگیا۔ رات کے کسی پہر میری آنکھ کھلی تو مجھے پھر وہی بے چینی سی محسوس ہورہی تھی

"اب یہ تو فضول بات ہے۔۔۔۔۔ میں اس وقت تو اس گھر میں نہیں جارہا۔" میں نے سر جھٹک کر سونے کی کوشش کی مگر وہ بے چینی اتنی بڑی تھی کہ میں لیٹا نہیں رہ سکا اور اگلے ہی لمحے میں گاڑی میں اس گھر کی طرف جارہا تھا۔ رات کے وقت وہاں بے انتہا سناٹا تھا اور سچ پوچھیں تو میں اندر سے گھبرا ہی رہا تھا لیکن وہ احساس کہ کوئی گڑبڑ ہے مجھے

رکنے نہیں دے رہا تھا۔ میں نے خاموشی سے دروازہ کھولا اور میری بے چینی بے وجہ نہیں تھی۔ اس کمرے کی روشنی جل رہی تھی۔ میں بھاگتا ہوا اس کمرے تک گیا اور وہی کرایہ دار تقریباً پوری الماری کو اکھاڑ چکا تھا اور اب وہ کھڑکی کھولا ہی چاہتا تھا۔ میرے کمرے میں داخل ہونے کی آواز سن کر وہ ایک لمحے کو تو ٹھٹھک گیا مگر جب اس کی نظر میرے پر پڑی تو ایک سکون کی لہر اس کے چہر پر ابھر آئی "یہ تو وہی بے حقیقت سا شخص ہے۔۔۔۔۔۔ یہ کیا کرلے گا اس سے زیادہ کہ یہ کچھ دیر مجھ پر جھلائے گا اور دھکے مار کر مجھے گھر سے باہر نکال دے گا۔"

اگرچہ مجھے اس پر بہت غصہ آرہا تھا لیکن میرے ذہن میں دور دور تک بھی یہ خیال نہیں تھا کہ میں اسے نقصان پہنچاؤں لیکن اس نے مجھے بہت آسان لے لیا تھا۔ آپ کبھی اُس شخص کو یہ احساس نہیں دلا سکتے کہ وہ بے حقیقت ہے جس کے گھر آپ چوری کو داخل ہوتے ہو۔۔۔۔۔۔ کوئی فرق نہیں پڑتا اگر وہ واقعی ایک بے ضرر چوہا ہو مگر آپ کو کبھی یہ غلطی نہیں کرنی چاہیے۔۔۔۔۔ یہ تو چوری کا پہلا اصول ہے۔ آپ attitude دکھا سکتے ہو جب آپ ڈاکہ ڈالنے کے لئے آؤ مگر چوری کرتے ہوئے بس دو ہی options ممکن ہیں۔ یا تو بھاگ جاؤ یا پھر بے چارے بن جاؤ۔۔۔۔۔۔ لیکن وہ تو بڑا مطمئن تھا اور اس نے میرے سامنے کوئی چوائیس ہی نہیں چھوڑی اور میں نے بک شیلف سے توڑا گیا لکڑی کا ایک بڑا ٹکڑا اٹھالیا۔ میں شروع میں صرف اسے ڈرانا چاہتا تھا۔ ہاں میں بس اسے ڈرانا ہی چاہتا تھا لیکن وہ مسکرا دیا۔ پولیس کی پوسٹ مارٹم رپورٹ نے اس کی موت کی وجہ لکڑی کا حادثاتی طور پر اس کی گردن میں پیوست ہو جانا لکھا لیکن میں سچ کہتا ہوں کہ اس کی موت کی وجہ اس کی مسکراہٹ تھی۔

میں دروازہ بند کر کر واپس آگیا اور ایک پر سکون نیند سویا۔ اگلی صبح میں اس گھر میں

گیا۔ اور پولیس کو بلوا لیا۔ پولیس نے اس سب معاملے کی کچھ دیر تک تحقیقات کیں اور پھر خود ہی کیس کو داخلِ دفتر کر دیا۔ عام طور پر پولیس کے لوگ ایسے معاملات کو بالکل بھی حادثہ نہیں سمجھتے مگر اس گھر کی reputation ان تک بھی پہنچ چکی تھی اور وہ ایسے مافوق الفطرت معاملات میں زیادہ الجھنا نہیں چاہتے تھے۔ میرے لئے تو یہ بہت ہی اچھا ثابت ہوا کیونکہ ذرا سی تفتیش بھی مجھے مجرم ثابت کرنے کو کافی تھی۔

کیس تو بند ہو گیا مگر اب میرے گھر کا ذکر ہر کسی کے لبوں پر تھا۔ یہ تو اب ناممکن تھا کہ اس گھر کو بیچا یا کرائے پر دے دیا جائے اور یقین کریں تو میں اب اس میں بہت زیادہ دلچسپی بھی نہیں رکھتا تھا۔ میں خوفزدہ تھا تو اس کھڑکی سے۔ وہ کھڑکی اب اس شہر کے سامنے ایک چیلنج کی طرح تھی اور پتہ نہیں مجھے کیوں لگنے لگا تھا کہ ہر رات کوئی نہ کوئی اس گھر میں آ دھمکے گا اور اس کھڑکی کو کھولنے کی کوشش کرتا پھرے گا۔۔۔۔۔۔ کھڑکی جسے کھولا جاتا تو نجانے کیا ہو جاتا۔ مجھے یقین تو نہیں تھا کہ اس کھڑکی کو کھولنے سے کیا ہو گا مگر سچ پوچھیں تو میں اندر سے اس سچ کا سامنا کرنے کی ہمت اپنے اندر نہیں پاتا تھا۔ تو میں نے فیصلہ کیا کہ میں خود ہی اس گھر میں رہنے لگوں گا۔ اس طرح میں کم از کم اس خوف سے تو نجات پا ہی لیتا کہ نجانے اب اس گھر میں کون گھس رہا ہو گا۔ میں نے نہ چاہتے ہوئے بھی نجانے کیوں اس گھر کے چوکیدار کی نوکری اپنے لئے چن لی۔

اگر بظاہر دیکھا جاتا تو یہ کوئی بہت برا خیال بھی نہیں تھا۔ ہم نہ صرف اپنے گھر کے کرائے کو بچا لیتے بلکہ اتنے بڑے گھر میں رہنے سے بھی لطف اندوز ہو سکتے تھے۔ لیکن یہاں میری بیوی نے میرا نکتہ نظر سمجھنے سے انکار کر دیا۔ وہ بہت غلط نہیں تھی۔ ایک بھوتوں بھرے گھر میں رہنے کا حوصلہ ہر کسی میں تو ہو نہیں سکتا۔ میں اس سے بہت گلہ نہیں کرتا مگر اس مجھے سمجھنے کی کوشش کرنا چاہیے تھی۔ اسے سمجھنا چاہیے تھا کہ یہ فیصلہ

کرنے میں بہت آزاد نہیں تھا۔ اسے سمجھنے کی کوشش کرنا چاہیے تھی کہ مجھے مدد کی ضرورت تھی اور اسے مجھے اکیلا نہیں چھوڑنا چاہیے تھا۔ لیکن ایسا ہوتا ہے۔ لوگ زندگی کو صرف اپنی جگہ سے دیکھنا پسند کرتے ہیں۔ کاش کہ وہ جان سکتے کہ زندگی کسی دوسرے کی جگہ سے دیکھنے پر کتنی حسین، کتنی خوبصورت، کتنی بڑی ہو سکتی ہے۔۔۔۔۔ اس سے بہت بڑی جتنی ہم دوسری صورت میں گذار کر جا سکتے ہیں۔ لیکن بہر حال وہ ان خوش نصیبوں میں سے نہیں تھی اور ہماری بحث بڑھتے بڑھتے اس نکتہ تک پہنچ گئی کہ اسے کہنا پڑا

"یا تو تمہیں میرا انتخاب کرنا پڑے گا اور یا اس گھر کا؟"

جیسے کہ یہ انتخاب میرا تھا۔ انتخاب تو ہو چکا تھا جیسے عیسیٰ نے چلتے چلتے اپنے حواریوں کو چن لیا تھا۔ مجھے بھی اس گھر کے چوکیدار کے طور پر چن لیا گیا تھا۔ میں نے کچھ کہا نہیں مگر ایک آخری نظر اس پر ڈالی کبھی جس نے میرے ساتھ ساری زندگی ساتھ نبھانے کے وعدے کئے تھے اور میں گھر سے اور اپنی اس زندگی سے باہر نکل آیا جسے میں اتنے سالوں سے گذارتا چلا آ رہا تھا۔ میں بہت دیر تک خالی سڑکوں پر گھومتا رہا اور جب رات دیر سے اپنے گھر پہنچا تو وہ جا چکی تھی۔ میں بالکل بھی حیران نہیں ہوا اور اگلی ہی صبح میں اپنا سامان اٹھا کر اس گھر میں پہنچ گیا۔ سارا دن سامان کو رکھواتے اور پیکنگ کھولتے ہوئے گذر گیا اور جب رات آئی تو میرے دل میں ہلکا سا خوف محسوس ہوا مگر پھر ایک خیال نے مجھے تقویت پہنچائی

اگر واقعی اس گھر میں بھوتوں کا بسیرا ہے تو پھر میرے پاس بھلا کیا موقع ہے کہ میں ان سے بچ سکوں؟ اگر وہ مجھے کوئی نقصان ہی پہنچانا چاہتے ہیں تو بھلا کیا فرق پڑتا ہے کہ میں اس گھر میں رہ بھی رہا ہوں یا نہیں۔ اگر بھوتوں کے بارے میں کہی سنی قصہ کہانیاں تھوڑی بہت بھی صحیح ہیں تو ان سے بچنے کا خیال ہی مضحکہ خیز ہے۔ مجھے اس کے بعد کبھی

اس گھر میں خوف محسوس نہیں ہوا۔ گرچہ میں نے اس گھر میں بہت سی ایسی چیزیں دیکھیں جن کا خیال ہی ایک عام آدمی پر کپکپی طاری کر سکتا ہے لیکن میں ہمیشہ مطمئن رہا۔ مجھے اندازہ ہو گیا تھا کہ بھوت اس لئے نہیں ہوتے کہ ہمیں وقتاً فوقتاً ڈرا سکیں۔ اگر ہم انہیں دیکھ سکتے تو جان جاتے کہ وہ تو خود بڑی مجبور مخلوق ہیں۔ ہم اگر انہیں سمجھ سکیں یا دیکھ پائیں تو یقین کریں ہمارے لئے ان سے اچھا دوست کوئی نہیں ہو سکتا۔

میں نے اس گھر میں ہر قسم کے بھوت، پریاں اور روحیں دیکھیں۔ وہ گھر ان چیزوں سے جیسا بھرا ہوا تھا۔ ایسے ہی تھا جیسے ہم کبھی کسی سفر کے شوقین بوڑھے بڑھیا کے گھر جائیں تو ہم دیکھیں گے کہ گھر سوئینیرز اور ڈیکوریشن پیسز سے بھرا پڑا ہے۔ کچن کے دراز میں بھی کسی دور دراز جزیرے کے ہوٹل سے لائی گئی ماچس مل جائے گی۔ تو یہ گھر بھی ایسا ہی تھا۔ ہاں البتہ وہ مجھے بہت کم ڈسٹرب کرتے تھے۔ عام طور پر تو وہ اپنی دنیا میں ہی مست رہتے تھے۔ کبھی کبھار ان میں سے کوئی میری طرف بھی متوجہ ہو جاتا اور ہم چند لمحوں کو باتیں کر لیتے۔ اب دیکھیں نہ یہ بھوت وغیرہ بھی تو اکیلے ہو ہی سکتے ہیں نہ۔ وہ بس میرے سے اتنا ہی چاہتے تھے۔ کبھی کبھار کچن سے کوئی چیز غائب ہو جاتی لیکن اب آپ ان چھوٹی چھوٹی چیزوں کے لئے تو انہیں موردِ الزام نہیں ٹھہرا سکتے۔

آہستہ آہستہ میں ان کی کہانیوں میں زیادہ کھوتا چلا گیا۔ اب ٹی وی دیکھنے میں بھی میرا دل نہیں لگتا تھا اور نہ ہی کسی دوست کو فون کرنے کو جی چاہتا تھا۔ اس کی بجائے میں کافی کا ایک کپ پکڑتا اور سیڑھیوں پر بیٹھ کر ان میں سے کسی ایک سے باتوں میں لگ جاتا۔ پھر راہداری میں چلتے ہوئے کبھی ہوا میں جیلی فش قسم کی چیزوں کو تھوڑی دیر تیرتے دیکھتا اور ان کے رنگوں میں اس وقت تک کھویا رہتا جب تک نیند مجھے بستر پر نہ گرا دیتی۔

میرا کمرہ بہرحال وہ جگہ تھی جہاں یہ چیزیں آنے سے ڈرتی تھی۔۔۔۔۔۔۔۔ اگر میں صحیح سمجھا تھا تو اس کھڑکی میں کچھ ایسا تھا جو انہیں دہلائے دیتا تھا۔ اگر یہ سب بھوت بلائیں اس کھڑکی سے اتنے خوفزدہ تھے تو پھر میرے جیسے شخص کی بساط ہی کیا تھی؟ لیکن وہ کیوں خوفزدہ تھے؟ اس کھڑکی کے پیچھے کیا چھپا تھا؟ وہ جو کچھ بھی تھا اتنا خوفناک تو ضرور تھا کہ میں ایک زندگی اس کھڑکی کی حفاظت میں صرف کر سکتا۔

ہاں البتہ میں اس حفاظت کی بہت بڑی قیمت ادا کر رہا تھا۔۔۔۔۔۔۔۔ میں اپنے خاندان کو کھو چکا تھا، نوکری بھی اب جیسے کوئی دن کی بات رہ گئی تھی اور پھر میری صحت بھی خراب رہنے لگی تھی۔ اور یہ کوئی بہت انہونی بات نہیں تھی۔ میں ایک بڑی آرگنائز اور آرام دہ زندگی گذارنے کا عادی ہو چکا تھا اور یہاں تو جیسے سب کچھ ہی بگڑ گیا تھا۔ میں کھانا پکانے سے ناواقف تھا اور جب کبھی باہر جاتا تو کچھ کھالیتا مگر اب میں اس طرزِ زندگی کا عادی ہو چکا تھا کہ میں زیادہ وقت گھر میں گذارتا تھا۔

ایک دو مہینوں میں میرے ڈائرکٹر سے مجھے بلوایا۔ وہ مجھ سے میرے مسئلے کے بارے میں گفتگو کرنا چاہتا تھا۔ میں نہ تو اس سے معذرت کرنا چاہتا تھا اور نہ ہی اس سے کوئی ایسا وعدہ کرنا چاہتا تھا جسے پورا نہ کر سکوں۔ اس لئے میں نے انہیں کہا کہ میں نوکری چھوڑنا چاہتا ہوں۔

"یقین کرو میرے لئے اس سے آسان کوئی بات نہیں ہوگی۔ تمہیں اندازہ نہیں کہ میں تمہارے لئے کتنا pressure برداشت کر رہا ہوں۔ لیکن مجھے تمہارا خیال آتا ہے۔۔۔۔ تمہارا کیا بنے گا۔ اس لئے میں نے تمہیں ایک اور موقع دینے کا فیصلہ کیا ہے۔"

"آپ میری فکر نہ کریں۔ میری پاس اللہ کا دیا بہت کچھ ہے۔ مجھے کام کرنے کی کوئی

خاص ضرورت نہیں ہے۔" پتہ نہیں میں نے یہ کیوں کہا۔ میرے پاس تو دو مہینے گذارنے کو بھی پیسے نہیں تھے لیکن سچ پوچھیں تو اب میرے سے نہیں ہو پا رہا تھا۔۔۔۔۔۔۔ یہ نوکری میرے لئے بہت بڑی reality تھی۔ مجھے اپنے آپ میں کوئی سوچ نظر نہیں آتا تھا جسے دبا کر میں آفس میں جا کر میں بڑے جذبے سے بدبودار کیمیکل بیچ سکوں جبکہ میں نے صبح ناشتہ خود راسپوٹین کی روح کے ساتھ کیا ہو۔ آپ بس ایسا نہیں کر سکتے۔ میرا ڈائرکٹر ایک اچھے دل کا آدمی تھا۔ اس نے میری درخواست مان لی اور مجھے چند مہینوں کی تنخواہ بھی دلوا دی۔

"اب کیا ہو گا؟" یہ وہ پہلا سوال تھا جو میرے ذہن میں اترا جب میں اس کمرے سے باہر نکلا۔ میں نے تھوڑا سوچا پر جب کچھ سمجھ نہ آیا تو یہ کہ کر خود کو تسلی دے لی کہ کم از کم ابھی تو میرے پاس چند مہینوں کے لئے کافی روپے ہیں۔ بعد میں سوچوں گا۔ اور پھر میں نے بالکل وہی کیا۔۔۔۔۔ میں نے سارا وقت اس گھر میں گزارا اور اس کا ایک ایک لمحہ میں نے کوشش کی کہ اس جادوئی دنیا کے ساتھ گذار سکوں۔ اس دنیا میں سب کچھ تھا سوائے پیسے اور کھانے کے۔۔۔۔ جو کہنے کو تو چھوٹی چیزیں ہیں مگر درحقیقت یہ بہت بڑی بڑی چیزوں سے کم اہم نہیں ہیں۔

اس گھر میں آنے والے مہمانوں میں کچھ تو بے حد امیر کبیر بھی تھے مگر ان میں سے کبھی کسی نے یہ نہیں سوچا کہ ان کا میزبان آہستہ آہستہ قلاش ہوتا جا رہا ہے۔ وہ آتے اور فریج سے چیزیں اٹھا کر کھا جاتے جیسے کہ ان کی کوئی اہمیت ہی نہ تھی مگر ان کی یہ لاپرواہی مجھے آہستہ آہستہ اس کونے میں دھکیل رہی تھی جہاں بھوک کی صورت میں موت مجھے گھورنے لگی تھی۔

رات کے پھیلنے کے ساتھ ہی شہر میں ایک خاص طرح کی سستی اتر آتی۔ وہی لوگ

جو صبح کے وقت بڑے متحرک اور پر جوش نظر آتے تھے اب کونے میں سمٹنے کے لئے دوڑے چلے جاتے تھے۔ اگر کسی کو کوئی کام کرنا بھی ہوتا تو بھی وہ ایک معذرت کے سے انداز سے اسے کرتا۔۔۔۔۔۔۔ جیسے کہ انہیں یہ کام کرنا نہیں تھا بس ہو گیا۔ اور دوسری طرف شہر سے کچھ باہر ایک گھر تھا جہاں رات ڈھلنے پر زندگی کا سفر شروع ہوتا تھا۔ میں ایک سال کے دوران اس گھر میں ہزاروں عجیب مخلوقات سے ملا۔ اگر میں آپ کو ان میں سے ہر ایک کے بارے میں بتانے بیٹھ جاؤں تو ہمیں ایک ضخیم کتاب کی ضرورت پڑے گی۔ لیکن یہ میری کہانی ہے ان کی نہیں۔ میں ان کے بارے میں تبھی بات کروں گا جب وہ بہت ضروری ہو جائے گا۔۔۔۔ صرف تبھی جب ان کے بارے میں بات کئے بغیر مدعا بیان ہی نہ کیا جا سکے۔

تو مخلوقات آتی جاتی رہتی تھیں مگر ان میں سے کچھ ایسی بھی تھیں جو وہاں اکثر آتیں اور ان میں سے ایک تھی جسے میں ہر روز دیکھتا تھا اور وہ واحد روح تھی جو بہت حاکمیت بھی جتاتی تھی وگرنہ باقی سب تو میرے سامنے بھیگی بلی ہی بنے رہتے کہ جیسے میں ان پر کوئی بہت بڑا احسان کر رہا تھا کہ انہیں وہاں تھوڑا وقت گذارنے دے رہا تھا۔ اور وہ روح تھی کرنل شیر دل کی۔۔۔۔۔۔۔ میرے ان کل کی۔

ایک رات مجھے پہلی منزل سے بلند آوازیں سنائی دیں۔ میں تجسس سے مجبور ہو کر وہاں گیا۔ اور وہ وہاں تھے۔ وہاں اپنا پورا ceremonial dress پہنے کھڑے تھے۔ ان کے ہاتھ میں سگار اور سکاچ کا گلاس تھا اور وہ چند دوستوں کے ساتھ برج کھیل رہے تھے۔ وہ سات لوگ تھے جن میں دو خواتین بھی تھیں جو بڑی دلچسپی سے ان کے ساتھ کھیل رہی تھیں۔ ہر ایک نے مجھے بری طرح نظر انداز کیا۔ اتنا کہ مجھے دروازے میں کھڑے ہو کر انہیں دیکھنا عجیب ہی لگ رہا تھا۔ مجھے سمجھ نہیں آ رہا تھا کہ میں ان سے کیا کہوں۔ میں

تھوڑی دیر تو خاموشی سے کھڑا رہا اور پھر میں نے بولنے کی کوشش کی۔

"انکل" میں نے کوشش کی کہ اونچی آواز میں بول سکوں لیکن کچھ ایسے تھا جیسے کسی نے میری آواز ہی نہ سنی ہو۔ پتہ نہیں کیوں مجھے بری طرح احساس ہو رہا تھا کہ انہوں نے میری آواز سنی ہے مگر میں ان کے لئے شرمناک حد تک بے حقیقت ہوں اس لئے وہ مجھ پر توجہ کرنے کو ضروری نہیں سمجھ رہے تھے۔ شرمندگی کے مارے میرا پسینہ پھوٹ پڑا اور میں دروازہ بند کر کر لوٹ آیا۔ مجھے یقین ہے کہ دروازہ بند کرتے ہی اس کمرے میں زوردار قہقہے گونجے تھے۔ وہ مجھ پر ہنس رہے تھے یا نہیں میں نہیں جانتا مگر میں اس کے بعد خود کو کبھی اس قابل نہ کر سکا کہ کبھی دوبارہ اس کمرے کا دروازہ کھول سکتا۔ میں اکثر اس کمرے سے آدمی عورتوں کے ہنسنے کی آوازیں سنتا مگر وہ کمرہ جیسے اب میرے لئے اس گھر کا حصہ ہی نہیں رہا تھا۔

ہر روز مجھے لگتا جیسے انکل نے مجھے استعمال کیا ہے لیکن میں فیصلہ نہیں کر پاتا تھا کہ مجھے کیا کرنا چاہیے؟ میں نے اس مسئلے سے نپٹنے کے لئے ہر ممکن اقدام کے بارے میں سوچا سوائے اس سب سے آسان حل کے کہ میں گھر چھوڑ کر بھاگ جاؤں اور کبھی پلٹ کر بھی نہ دیکھوں۔ آپ میں سے کچھ لوگ سوچ رہے ہوں گے کہ شاید میں پاگل ہو گیا تھا وگرنہ آخر اس میں حرج ہی کیا تھا؟ سچ بتاؤں تو اس سوال کا جواب آسان نہیں ہے۔ پھر بھی میں کوشش کرتا ہوں کہ آپ کو سمجھا سکوں۔ میرے لئے وہ سب کچھ ایسا ہی تھا جیسے خود زندگی ہے۔ ہم جب ایک بہت مشکل زندگی گذار رہے ہوتے ہیں تو ہمیشہ ہمارے پاس یہ راستہ کھلا ہوتا ہے کہ ہم جینے سے انکار کر دیں لیکن ہم میں سے کتنے ایسا کر پاتے ہیں (اور جو کرتے ہیں ان کے بارے میں کیا سوچا جاتا ہے آپ جانتے ہی ہیں)۔ ہم دن رات سوچتے ہیں کہ آخر کیسے زندگی کے دیے گئے اس مشکل سوال کو حل کریں مگر کبھی

یہ بنیادی سوال تو ہم خود سے پوچھتے ہی نہیں

"آخر کیوں میں زندگی کا یہ بوجھ اٹھائے پھروں؟ میں بھاگ کیوں نہ جاؤں؟"

تو وقت گذرتا گیا اور اب مجھے زندہ رہنے کیلیے آہستہ آہستہ اپنے گھر کی چیزیں بیچنا پڑ رہی تھیں۔ میں نے اپنی کتابوں کی الماری سے شروع کیا اور پھر تو ایک لمبی لسٹ تھی۔ میں ان چیزوں کو بہت ہی معمولی دام پر بیچ رہا تھا۔ سیکنڈ ہینڈ چیزوں کی مارکیٹ تو ویسے ہی بہت دھوکے باز تھی اور کچھ میں بھی بہت سادہ ہو گیا تھا۔ آپ ان کے پاس ہزاروں کی چیز لے جاؤ تو وہ پچاس روپے سے بولی شروع کرتے تھے۔ یا تو وہ سب آپس میں ملے ہوئے تھے اور یا پھر انہوں نے اس بات کا عہد لیا تھا کہ کسی کو چیز کی صحیح قیمت کا دس فیصد بھی نہیں دینا ہے۔

شروع میں ہونے والی چند مایوسیوں کے بعد میں نے ایک قابلِ ترس نظر آنے والے جونک نما شخص کو چن لیا۔۔۔۔۔۔۔۔ہاں وہ آدمی نہیں ایک جونک ہی تھا جو آہستہ آہستہ میرا خون پیئے جا رہا تھا۔ مجھے اس کا نام بھی یاد نہیں رہا۔ شاید ہم کبھی انسانوں کے level پر تو ملے ہی نہیں۔ ہمارا رشتہ تو بس جانور اور اس کی پشت پر پنجے گاڑے جونک کا تھا۔

واحد وجہ جو میں اسے دوسروں پر ترجیح دے رہا تھا وہ یہی تھی کہ وہ ہفتے میں ایک بار خود میرے پاس چلا آتا یہ دیکھنے کے لئے کہ مجھے کچھ بیچنا تو نہیں ہے۔ اور ساتھ ہی میں اس نے میرے لئے کھانے پینے کی چیزیں لانے کی ذمہ داری بھی لے لی تھی۔ بعد میں تو ایسے ہو گیا کہ وہ میرے گھر میں کھانے پینے کی چیزوں سے بھرے تھیلے کے ساتھ آتا اور کوئی چیز اٹھا لے جاتا جو اسے پسند آتی۔ قطع نظر اس نقصان کے جو وہ مجھے پہنچائے چلا جا رہا تھا

مگر اس کا یہ فائدہ تو تھا ہی کہ اس نے مجھے پوری دنیا سے بے نیاز کر دیا تھا۔ اب مجھے گھر سے باہر نکلنے کی ضرورت نہیں رہی تھی خواہ وہ ایک لمحے کو ہی کیوں نہ ہو۔

کھانے پینے کی چیزیں جو وہ لے کر آتا وہ عام طور پر گھٹیا قسم کی ہوتیں لیکن یہاں ماننا پڑے گا کہ یہ کھانا ہی تھا جو ابھی تک مجھے زندہ رکھے ہوئے تھا۔ کبھی کبھی ہم negotiate بھی کرتے مگر یہ بحث کم اور احتجاج زیادہ لگتا۔ خیر میں کچھ کہتا یا نہیں مگر وہ کبھی بھی مجھے صحیح قیمت تو دینے والا تھا نہیں۔

پھر ایک دن وہ جونک میرے کمرے میں داخل ہوا تو میں نے دیکھا کہ اس نے اپنی گردن کو اکڑا رکھا تھا۔ اور یہ کوئی نئی بات نہیں تھی میں نے شاید پہلے کبھی اسے غور سے دیکھا ہی نہیں تھا۔ وہ ہمیشہ ایسے ہی پھرتا تھا۔ اور مجھے کہنے دیں کہ تنی ہوئی گردنیں بڑے بڑے سورماؤں یا سیاستدانوں کے سروں پر نہیں ہوتیں بلکہ حیرت انگیز طور پر بونوں کے کندھوں پر ہوتی ہیں۔ کیونکہ دوسروں کے لئے یہ بس ایک اچھا نظر آنے کی مبہم سی خواہش ہے مگر بونوں کے لئے یہ زندگی موت کا مسئلہ ہے۔ وہ خالی ہاتھوں سے شیر کی گردن توڑنے پر تیار ہو جائیں گے اگر انہیں یقین ہو جائے کہ ان کا یہ عمل ان کے قد میں ایک انچ کا بھی اضافہ کر دے گا۔۔۔۔۔ اس ایک انچ کے لئے وہ دور دراز کے جزیروں پر جا کر عفریتوں سے لڑائی کر سکتے ہیں۔ اس ایک انچ کے لئے وہ کچھ بھی کر سکتے ہیں۔۔۔۔۔۔ لیکن وہ اپنے کاندھوں پر بہادری اور شجاعت کے جتنے چاہے اعزازات سجا لیں پر گھر کی دہلیز پار کرتے ہی ایک تین سال کا بچہ بھی کہے بغیر نہیں رہ پائے گا کہ وہ بونے ہیں۔ کتنی قابلِ رحم بات ہے۔ وہ جو چاہے کر گذریں، جیسے مرضی شاہانہ لباس میں ملبوس ہو جائیں پر رہیں گے تو وہ وہی بے حقیقت۔۔۔۔۔ حقیقت کے اس بے رحم دوستانے کے ساتھ ایک احساس جنم لیتا ہے۔ اگر تم اس سے بھاگ نہیں سکتے تو پھر یہ

بیگانگی کیسی ؟ اگر ہم جونک ہیں تو کیوں نہ ایک جونک کی طرح عمل بھی کریں ؟تو وہ اس وقت یہی کر رہا تھا۔

ایک طرح سے دیکھیں تو وہ مجھ سے بالکل بھی مختلف نہیں تھا۔ ہم دونوں کو ہی ایک سچوئیشن میں پھینک دیا گیا اور ہم دونوں نے ہی کبھی کوئی سوال نہیں اٹھایا؟ سوال جو بہت بنیادی نوعیت کا تھا کہ ہم یہاں کیوں ہیں ؟ ہم نے تو بس ایک دم سے اپنے رول کو نبھانا شروع کر دیا۔۔۔۔ وہ رول جو ہمیں ہمارے صیاد نے دیا تھا۔ مجھے ہمیشہ سے یقین رہا تھا کہ انسانوں میں ایک بہت بڑی طاقت چھپی ہے۔۔۔۔ طاقت جس سے وہ جب چاہیں خود کو تبدیل کر سکتے ہیں لیکن تجربے نے مجھے بتایا کہ ایسا نہیں ہے۔ میں غلط تھا۔ میں اس سے زیادہ غلط تو ہو ہی نہیں سکتا تھا۔ ہم خود کو نہیں بدل سکتے۔ ہم اپنی پوری زندگی ضائع کر سکتے ہیں مگر کھڑکی کھولنے جیسا ایک چھوٹا سا کام بھی نہیں کر پاتے۔

ہو سکتا تھا کہ وہ بس ایک دن میرے سے مہربانی کا برتاؤ کرتا۔ وہ بس اتنا ہی کرتا کہ ایک دن مجھے میری چیزوں کے صحیح دام ہی دے دیتا مگر میں جانتا ہوں کہ وہ ایسا کبھی نہیں کرے گا۔ بالکل ویسے ہی جیسے میں وہ کھڑکی کبھی نہیں کھول پاؤں گا۔ یہ انتہائی شرمناک بات ہے۔

میں اپنی فیملی کے ساتھ ایک پرسکون اور خوش زندگی گذار سکتا تھا۔ میں اس گھر کو دولت حاصل کرنے کے لئے استعمال کر سکتا تھا اگر میں بس وہ کھڑکی کھولنے کی ہمت کر سکتا لیکن میں ایسا نہیں کر پاؤں گا اور یہی حقیقت تھی جو میرے ان کل بہت اچھی طرح جانتے تھے۔ وہ جانتے تھے کہ میں ایسا کچھ کرنے کے قابل ہی نہیں ہوں اور اسی لئے انہوں نے میرے لئے یہ جال بچھایا تھا۔ اور اب میں تھا اور یہ قابلِ رحم زندگی۔

مجھے کہنے دیں کہ میں بہت خوش نہیں تھا اس زندگی میں۔ مجھے کبھی کبھی ان بھوتوں

سے وحشت ہونے لگتی۔ کبھی وہ اتنا شور کرتے کہ میں رات بھر سونے کو ترستا رہتا۔ لیکن میں پھر بھی کچھ نہ کر پایا اور زندگی کو گھسیٹتا رہا یہاں تک کہ میرے گھر میں بیچنے کو بھی کچھ نہ رہ گیا۔ وہ جونک میرے گھر میں آیا اور مختلف کمروں میں گھومتا رہا مگر وہ کچھ بھی نہ پا کر مایوس ہو گیا۔ گھر میں فرنیچر تو کیا کٹلری بھی نہیں بچی تھی۔ میں خود سیڑھیوں سے پشت ملائے بیٹھا تھا۔۔۔۔ ایک بھوتوں بھرا گھر تھا جو بک نہیں سکتا تھا اور ایک میں تھا اور وہ مایوس ہو کر واپس جانے کو مڑا۔ میں نے اس کے ہاتھ میں کھانے کی چیزوں کا تھیلا دیکھا مگر اتنی ہمت نہیں ہوئی کہ اس سے درخواست ہی کر لیتا کہ وہ میرے کھانے کو کچھ چھوڑ ہی جائے۔ گو وہ مجھے لاکھوں کا نقصان پہنچا چکا تھا اور اس تھیلے کی چیزوں کی قیمت چند سو سے زیادہ کیا ہو گی مگر وہ ایسے نقصان کے سودے کے لئے بنایا ہی نہیں گیا تھا۔ ہم دونوں ہی اپنے اپنے اصولوں کے قیدی تھے۔ اس کے جانے کے بعد میں سر زمین پر رکھ کر لیٹ گیا۔ بھوک کے مارے بیٹھنا ویسے بھی دشوار ہو رہا تھا۔

اور پھر ایک عجیب بات ہوئی۔۔۔۔۔۔۔ وہ بات اس گھر میں ہونے والی باتوں کو مدِ نظر رکھتے ہوئے بھی عجیب تھی۔ آج میں نے بہت سالوں کے بعد اس کو دیکھا۔۔۔۔ جی ہاں میں نے خود شیطان کو دیکھا۔ اس کے کسی چھوٹے موٹے چیلے کو نہیں خود شیطان کو دیکھا۔ وہ جسے جنت سے دھتکار کر نکال دیا گیا تھا۔ آپ حیران ہو گے کہ میں نے کیسے اسے جانا لیکن میں بتاتا چلوں کہ یہ پہلی بار نہیں تھی کہ میں اسے دیکھ رہا تھا۔ مجھے آپ سے ایک راز شئیر کرنے دیں یہ وہ راز ہے جو میں نے آج تک کسی سے نہیں کہا۔ میں نے اسے اپنی ماں باپ، اپنی بیوی سے بھی نہیں کہا۔

سچ تو یہ ہے کہ میں شیطان کو اپنی پیدائش کے دن سے دیکھتا چلا آ رہا ہوں۔ اور مجھے کہنے دیں کہ وہ ایک اچھا ساتھی ہے۔ وہ اکثر میرے جھولنے کے قریب کھڑا ہو جاتا اور

بڑی محبت سے مجھے دیکھا کرتا۔ اس کی سفید داڑھی اتنی لمبی تھی کہ اس نے اسے اپنے پورے جسم پر لپیٹا ہوتا تھا اور اگر کبھی ہوا کے جھونکے سے وہ بکھر جاتی تو میرے چہرے پر مسکراہٹ بکھر جاتی۔ میں نے سنا تھا لوگوں کو کہتے ہوئے کہ

"بچے فرشتوں کو دیکھ کر مسکراتے ہیں۔"۔۔۔۔۔۔ویسے وہ بنیادی طور پر اتنے غلط بھی نہیں تھے۔ شیطان ایک فرشتہ ہی تو تھا۔ گو واں نہیں تو واں سے نکالا ہوا تو تھا۔

ہمارا رشتہ بڑا عجیب تھا۔ وہ اکثر میرے پاس آتا۔ وہ مجھ سے کوئی بات نہیں کرتا تھا اور بہت دیر تک نہیں رکتا تھا۔ وہ ایسے ہی تھا جیسے وہ بس مجھے کوئی موقع دینا چاہتا تھا لیکن اگر مجھے وہ موقع نہیں چاہیے تھا تو اسے کوئی پرواہ نہیں تھی۔ بہت بار میں نے اسے مصروف بھی دیکھا تھا۔ وہ ہوا میں دھرے میز پر جھکا کاغذوں پر کچھ لکھ رہا ہوتا اور کبھی کبھار چھوٹے شیطانوں کو کوئی ہدایات دے رہا ہوتا۔ سچ بتاؤں تو میں کبھی بھی شیطان سے نفرت نہیں کر پایا تھا۔ میرے لئے وہ ایک واجبی سی عقل رکھنے والا مگر محنتی سپاہی تھا جو بڑی جانفشانی سے اپنا کام کئے جا رہا تھا۔۔۔۔۔۔اور میں اس کے اس جذبے کی قدر کرتا تھا لیکن وہ میرے لئے نہیں تھا۔ پھر آہستہ آہستہ جیسے اسے بھی احساس ہو گیا اور وہ میرے پاس کم سے کم آنے لگا اور مجھے بھی اسے دیکھنے کی کوئی بیتابی نہ رہی۔ ایک محنتی بوڑھا جسے اس دنیا کی بادشاہت اللہ کی طرف سے دی گئی تھی اور جو میری ہر خواہش کو پورا کرنے کی طاقت رکھتا تھا درحقیقت میرے لئے کوئی بڑی چیز نہیں تھا۔۔۔۔۔۔اس لئے نہیں کہ مجھے اس کی طاقت پر شک تھا۔ نہیں جناب میں اس سے بھاگتا تھا تو صرف اس لئے کہ وہ کہیں مجھ سے میری خواہش ہی نہ پوچھ لے۔ خواہش تو تھی ہی نہیں کوئی میرے پاس۔۔۔۔۔۔میں تو بس بہنا چاہتا تھا تاکہ کل کو سارا الزام اپنے تختے کو دے سکوں۔ مجھے جس نے جو بتایا میں کرتا چلا گیا اور زندگی نے آہستہ آہستہ میرے گرد مکڑی کا ایک

ایسا جالہ بن لیا میں اب جس میں گھبراتا تو بہت تھا مگر نکلنے کی ہمت نہیں پاتا تھا۔ اور پھر آخری دس سالوں میں تو وہ کبھی نہیں آیا۔۔۔ شاید وہ مجھ سے ناامید ہو گیا تھا۔ یا پھر ہو سکتا ہے کہ وہ نہیں چاہتا ہو کہ میں اسے اپنی نوجوانی کے امید بھرے دنوں میں ٹھکرا دوں۔ اگر وہ مجھے بچپن میں نہیں پکڑ پایا تھا تو بہت کم چانس تھا کہ وہ مجھے اب گھیر پاتا۔ شاید اس نے سوچا ہو کہ سڑنے دو اسے زندگی کے اس بھٹیار خانے میں چند سال اور شادی اور نوکری جیسی مایوسیوں کے بعد شاید یہ میرے کسی کام آ سکے۔۔۔۔۔۔ شاید میں کبھی سچ کا سامنا کر سکوں۔

اور اب شاید اس گھر اور میری حالت نے اسے ایک اور موقع فراہم کر دیا تھا۔۔۔۔۔ ایک آخری موقع جسے اس نے بھرپور طریقے سے استعمال کرنے کا فیصلہ کیا تھا۔ یہ پہلا موقع تھا کہ اس نے مجھ سے بات کی۔ اس کی آواز محبت سے بھری تھی

"دیکھو تم نے اپنے ساتھ کیا سلوک کیا ہے۔ مجھے تم سے بہت پہلے بات کر لینی چاہیے تھی۔"

"کیا مطلب؟"

"میں تمہیں ہمیشہ سے بہت پسند کرتا ہوں۔ اور ایک محبت کرنے والے باپ کی طرح میں تمہیں بتانا چاہتا ہوں کہ اس دنیا میں کیسے survive کیا جا سکتا ہے۔۔۔۔۔ لیکن تم جیسے کبھی بھی اس گفتگو کے لئے تیار ہی نہ تھے۔ میں چاہتا تو تمہیں مجبور کر سکتا تھا پر تم جانتے ہو کہ میں ایسا نہیں ہوں۔ انسانی آزادی کا مجھ سے بڑا حمایت کرنے والا اور کون ہو گا۔ تو میں بڑی خاموشی سے منتظر رہا کہ کب تم اتنے بہادر ہوتے ہو کہ مجھ سے مدد مانگ سکو"

"میں نہیں سمجھا کہ تم کیا کہہ رہے ہو؟" میں نے کہا

''اپنے آپ کو دیکھو۔ مجھے نہیں لگتا کہ تمہارے پاس کوئی بہت زیادہ وقت رہ گیا ہے۔ تو اس لئے میں تمہیں صاف صاف کہہ رہا ہوں کہ تم میرے پاس آجاؤ ورنہ تم ایسے ختم ہو جاؤ گے جیسے کبھی تھے ہی نہیں۔''

''لیکن میرے پاس اب تمہیں دینے کے لئے کچھ بھی نہیں ہے۔ ایک گھر ہے مگر جس کی کوئی قیمت نہیں ہے یہ تو بس ایک ذمہ داری ہے۔''

''میں تمہاری بات پر یقین نہیں کرتا۔ میرے خیال میں تو تم سب سے اہم چیز کو بھو ل رہے ہو۔''

''وہ کیا ہے؟''

''تم خود''

''تم کیا کہنا چاہتے ہو؟ میں کیا کر سکتا ہوں۔ میں تو بالکل ہی بے حقیقت شخص ہوں''

''یہ تمہاری سوچ ہے۔۔۔۔۔۔ بلکہ سچ کہوں تو یہ تمہاری سوچ نہیں ہے۔ اوپر سے تم جتنے مرضی humble بننے کی کوشش کرو مگر اندر سے تم خود کو بہت قیمتی سمجھتے ہو۔ اتنا قیمتی کہ جسے مارکیٹ میں لایا ہی نہ جاسکے۔ تم نے اپنی arrogance کو کسرِ نفسی میں چھپا رکھا رکھا ہے مگر دل میں کہیں اپنی اصل قیمت سے پوری طرح آگاہ ہو۔۔۔۔۔ میں جانتا ہوں کہ اس وقت تمہارے اندر بہت سے سر نفی میں ہل رہے ہیں مگر مجھے بتاؤ کہ اگر میں غلط ہوں تو کیا تم اپنی soul کے بدلے میں دس لاکھ روپے لینا قبول کرو گے؟''

''تم مذاق کر رہے ہو۔ یہ سب تو قصہ کہانیوں میں ہوتا ہے اصل میں یہ سودا اتنا سیدھا تھوڑا ہی ہوتا ہے؟''

''تم اس کی فکر نہ کرو۔۔۔۔ ہمارے پاس اب کھیل تماشے کا وقت نہیں رہا۔ میں تمہاری soul کو اچھی قیمت پر خریدنے کے لئے تیار ہوں اگر تم بیچنا چاہتے ہو تو؟''

"مجھے کرنا کیا ہو گا؟"

"جب ایک دفعہ تم اپنی soul ہمیں بیچ دو گے تو پھر تو تم وہ سب کچھ کرو گے جو میں تمہیں کہوں گا۔ پر ابھی تو تم نے کہا کہ تمہاری زندگی کی کوئی قیمت نہیں ہے تو پھر یہ سب کتنا برا ہو سکتا ہے؟"

"میں نہیں جانتا۔۔۔ پر میں کسی ایسی چیز کے لئے کبھی ہاں نہیں کر پاؤں گا۔"

"تو میں صحیح تھا نہ۔۔۔۔ تم سمجھتے ہو کہ تم اتنے بلند ہو کہ تمہیں مارکیٹ میں لایا ہی نہیں جا سکتا۔ لیکن میں تمہیں بتا رہا ہوں کہ تم غلط ہو۔ تم دنیا کی سب سے خوبصورت چیز کو بھی وقت کی الماری میں بند پڑے رہنے دو تو اس کی کوئی قیمت نہیں ہوتی نہ دنیا کی آنکھوں میں، نہ شیطان کی آنکھوں میں اور نہ ہی خدا کی آنکھوں میں۔۔۔۔۔۔ یہ مارکیٹ ہی ہے جہاں یہ سب بڑے لوگ خریداری کرتے ہیں۔ اور اس مارکیٹ کی کرنسی خواہش ہے۔ میں ان لوگوں کے خلاف نہیں ہوں جو اپنی روحوں کو صرف اس لئے مارکیٹ میں نہیں لاتے کیونکہ وہ انہیں استعمال کر رہے ہوتے ہیں۔ میں ان کی عزت کرتا ہوں اور سب عزت کرنے والے ان کی عزت کرتے ہیں لیکن تم کیا ہو۔۔۔۔ اپنی طرف دیکھو تو سہی۔ آخری مرتبہ کب تم نے اپنے بارے میں کوئی فیصلہ کیا تھا؟ تم تو بس وقت کے بہتے تختوں پر سفر کر رہے ہو۔ تمہیں اپنی free will کی ضرورت نہیں ہے۔۔۔۔۔ تمہیں روح کی ضرورت نہیں ہے۔ یہ مارکیٹ تمہارے ہی جیسے لوگوں کے لئے سجائی گئی ہے اور ہم بہت اچھی قیمت بھی دیتے ہیں۔"

"نہیں۔۔۔۔ میں اپنی روح شیطان کو نہیں بیچوں گا۔"

"ٹھیک ہے۔ میں تمہارے فیصلے کی عزت کرتا ہوں۔۔۔۔ تمہیں پتہ ہے کہ شیطان کی سب سے اچھی بات ہی یہی ہے کہ وہ انسانوں اور انہیں ودیعت کردہ free will کی عزت کرنا جانتا ہے۔ اس کے مقابلے میں خدا کو لے لو۔۔۔۔ وہ تمہاری کوئی پروا نہیں کرتا۔ اس نے تمہیں بنایا بھی اس لئے کہ تمہیں پھر سے توڑ سکے۔ اس نے تمہیں self respect دی تو صرف اس لئے کہ تم اس ذلت کی شدت کو محسوس کر سکو جو وہ اس کے بعد تم پر اتارے گا۔ اس نے تمہیں خاندان کی محبت دی تاکہ جب وہ ان لوگوں کو تم سے چھینے تو درد کے نشتر تمہارا کلیجہ پھاڑ کر رکھ دیں۔۔۔۔۔ وہ بہت ظالم ہے اور ایک شیطان ہے جس کے رواں رواں سے رحم پھوٹتا ہے۔۔۔۔ اور لوگ ہیں کہ مجھ پر اعتبار نہیں کرتے۔ صرف اس لئے کہ تمہارے مصوروں نے میری تصویروں میں بیکار سے سینگ بنا رکھے ہیں اور ایک نارنجی سی دم بھی لگا دی ہے۔۔۔ اب کوئی ایسی دم والے وجود پر کیسے اعتبار کر پائے گا؟

تو میں نہیں کہتا کہ مجھ پر بھروسہ کرو۔۔۔۔۔۔۔۔ میں تو صرف یہ کہتا ہوں کہ اپنے دل کی سنو اور اپنے اندر کی منطق کو سنو۔۔۔۔ بس اور کچھ نہیں۔ اپنے آپ پر بھروسہ کرو۔ مجھے کوئی گلہ نہیں تم میرے پاس نہ آؤ۔ اگر تمہیں خدا سے اتنی ہی محبت ہے تو اس کے پاس چلے جاؤ۔۔۔۔ بس اپنی زندگی کو ضائع نہ کرو۔۔۔۔ میں ایک مہربان دل رکھتا ہوں اور نہیں دیکھ سکتا کہ کس طرح تم لوگ ایک کے بعد ایک اپنی زندگیاں ضایع کئے جاتے ہو۔ میں تمہاری قیمت جانتا ہوں اور چاہتا ہوں کہ تم اپنا بہترین استعمال کر سکو۔ میں کہانی کی اس دوسری عورت کی طرح ہوں جو بادشاہ سے یہ کہتی ہے کہ بچے کے دو ٹکڑے نہ کرو اسے اس کی اصل ماں کو دے دو اور میں خوش ہو جاؤں گی۔۔۔۔۔ بس ایک وعدہ کرو کہ تم خدا کے پاس ضرور جاؤ گے۔"

"میں نہیں جانتا۔۔۔"

"تم نہیں جانتے۔۔۔۔۔۔۔ تم اپنے دل میں سب جانتے ہو۔ پر سچ بتاؤں۔۔۔۔

تم اپنے دل میں سوچتے ہو کہ تم اتنے قیمتی ہو کہ تمہیں خدا کو بھی کیوں دیا جائے۔۔۔۔ تم اس پاکباز عورت کی طرح ہو جو اپنی پاکبازی کی ساری زندگی بڑے التزام سے حفاظت کرتی ہے اور آخر میں اسے اندازہ ہوتا ہے کہ پاکبازی تو کوئی ایسی چیز تھی ہی نہیں جس کی حفاظت کی جاتی۔ خدا نے عورتوں کو یہ بھرپور جسم اس لئے تو نہیں دیے کہ وہ انہیں سات پردوں میں چھپا کر رکھیں۔۔۔۔ پاکبازی تو ایک relative چیز تھی اور اسے اتنی سنجیدگی سے نہیں لیا جانا چاہیے تھا۔ تمہارے ساتھ بھی ایسا ہی ہے۔ اس نے تمہیں free will اس لئے نہیں دی کہ تم اسے خدا کے سامنے سرنڈر کر دو اور کوئی فیصلہ نہ کر کر اسے گلنے سڑنے دو۔۔۔۔۔۔۔ نہیں جناب۔۔۔۔۔۔ تمہیں پتہ ہے کہ اس نے یہ free will پہاڑوں کو دی تھی اور وہ یہ کہتے ہوئے سجدے میں گر پڑے کہ ہم یہ بوجھ نہیں اٹھا سکتے اور ایک تم بیوقوف تھے جو اس بوجھ کو اٹھانے پر رضامند ہو گئے۔ اب کچھ کرو اس کے ساتھ۔ اور اگر تم نہیں جانتے کہ تم کیا کر سکتے ہو تو مجھے دے دو اور میں تمہیں دکھاتا ہوں کہ کیا کیا جا سکتا ہے۔

"میں نہیں کر سکتا"

"اوہ میرے خدا۔۔۔۔۔ انسان واقعی خسارے میں ہے۔ جو عقل کی بات نہیں سمجھتا بھلا اس سے زیادہ خسارے میں کون ہو گا؟"

"تم میری روح کے ساتھ کیا کرو گے؟"

"تمہیں کیا فائدہ ہو گا میرے بتانے کا؟ یہ جاننا تمہارے لئے اہم نہیں ہے۔ پھر ہم شیطان سے ہی کیوں اس سوال کا جواب چاہ رہے ہوتے ہیں۔ تم نے کسی اور سے تو ایسے سوالات کبھی نہیں پوچھے۔ کوئی تمہارے پاس آتا ہے اور تمہیں پورے زندگی گذارنے کا فارمولہ دے دیتا ہے اور تم اس سے دلیل پوچھنے کی ہمت بھی نہیں کر سکتے۔۔۔۔

صرف اس لئے کہ وہ مقدس چادر اوڑھے ہوئے آتا ہے اور میں تمہارے سامنے جیسا ہوں ویسا ہی کھڑا ہوں۔ کوئی تمہارے پاس آتا ہے اور تمہارے اوپر ایک بیکار سے گھر کی چوکیداری ڈال دیتا ہے اور پتہ ہے تم کیا کر رہے ہو۔۔۔۔۔ تم واقعی میں خود کو یہاں کا چوکیدار سمجھ بیٹھے ہو۔ تمہیں اس سب کا مقصد نہیں پتہ۔ تم اس حفاظت کے چکر میں اپنا سب کچھ کھو چکے ہو۔ تو پھر میری آفر پر ڈرتے کیوں ہو؟ مجھ میں اور دوسری سب چیزوں میں فرق صرف اتنا ہے کہ میں تمہارے سر پر کوئی چیز تھوپ نہیں رہا بلکہ تمہاری مرضی چاہ رہا ہوں۔"

"میں کیا کروں؟ کیا میں بھاگ جاؤں؟ کیا میں بس سیدھا سادھا انکار کر دوں؟"

"نہیں۔۔۔۔ مگر اپنے اصول خود بناؤ۔ تم کیوں دوسروں کے اصولوں پر چلتے ہو۔ بس یہی ایک مشورہ میں تمہیں دے سکتا ہوں۔ اور سچ کہوں تو میں تمہارے سوال سے بچنے کی کوشش نہیں کر رہا ہوں مگر درحقیقت تمہارے سوال کا کوئی سیدھا جواب ہے بھی نہیں۔ زندگی کو بہت پیچیدہ بنایا گیا ہے اور جو کوئی بھی تمہیں کوئی سادہ جواب بیچنے کی کوشش کرے اس سے بچ کر رہنا چاہیے وہ کوئی مصلح ہو، کوئی سیاستدان یا کوئی پیغمبر۔ زندگی اتنی پیچیدہ ہے کہ تمہارے اٹھائے ہر قدم کے ساتھ تمہارا راستہ بدل جاتا ہے۔ میں تمہیں کہہ سکتا ہوں کہ جاؤ اور ایک بوڑھے انسان کی مدد کرو جو بھوک سے مر رہا ہے"

"تم ایسا کیوں کہنے لگے۔ اس طرح کے کام تو خدا کرتا ہے۔"

"تمہارا کیا خیال ہے کہ میں تمہیں لاس ویگاس میں جوا کھیلنے کا کام سونپوں گا؟ تم پاگل ہو۔ تم ابھی کیوں نہیں دیکھتے۔ کیا میں بھوک سے مرتے ایک شخص کو بچانے کی کوشش نہیں کر رہا؟

"یہ مختلف ہے۔۔۔۔ اعمال کا دارومدار نیتوں پر ہے۔ تم مجھے بچانا چاہتے ہو تاکہ

میں کوئی قابلِ نفرت کام کر سکوں جیسے کسی معصوم کا قتل وغیرہ۔۔۔۔۔سچ سچ بتاؤ تمہیں میری روح کی ضرورت ایسے ہی کسی کام کے لئے نہیں ہے؟اگر شیطان کو مجھ سے نیک کام ہی کروانے ہیں تو پھر میری روح کو خریدنے کا مقصد؟"

"تم بہت نادان ہو۔۔۔۔۔ تمہیں کوئی اندازہ نہیں ہے کہ زندگی ہے کیا۔ میں اچھائی اور نیکی کے بارے میں تمہارے دل میں رکھے سارے بت توڑنا نہیں چاہتا لیکن مجھے ایک بات تو بتاؤ کہ تاریخ انسانی میں سب سے زیادہ خون کس کے نام پر بہا ہے۔۔۔۔۔خدا کے یا شیطان کے۔ مجھے نہیں یاد پڑتا کہ شیطان کے نام لیواؤں نے کبھی کوئی جنگ کی ہو۔۔۔۔۔ تو مجھے یہ مڈل سکول کے اخلاقیات کے لیکچر نہ دو اور چیزوں کے پیچھے چھپی حقیقت کو جاننے کی کوشش کرو۔۔۔ زندگی تو پیچیدہ ہی ہو گی چاہے تم میرے ساتھ کھڑے ہو یا اس کے۔ تمہیں قتل کرنا پڑے گا، تمہیں معاف کرنا پڑے گا۔ تمہیں چھیننا پڑے گا، تمہیں دینا پڑے گا۔۔۔۔۔ تمہیں حظ اٹھاؤ گے اور تم تکلیف سے کراہو گے۔ زندگی کو تو ایسے ہی چلنا ہے۔ میں تمہیں صرف یہ کہتا ہوں کہ اس سب کو کوئی direction دے دو مگر تم کوئی فیصلہ ہی نہیں کر پا رہے۔ ایسے ہی ہے تو سڑو اس گھر کے اندر۔"

وہ کچھ دیر وہیں کھڑا رہا اور ترحم انگیز نگاہوں سے مجھے دیکھتا رہا اور پھر کہنے لگا

"میں تمہاری گردن پر ایک کانٹا دیکھتا ہوں جو تمہیں مارے دے رہا ہے اور میں کوشش کر رہا ہوں کہ اسے نکال پھینکوں مگر اے ننھے کچھوے تم نے اپنی گردن کو اپنی will کی موٹے خول میں چھپا رکھا ہے۔ میں اس خول کو توڑ سکتا ہوں مگر پھر تم ایک سبزی سے زیادہ کچھ نہیں رہ جاؤ گے۔ تو میں تمہارا مرنا تو برداشت کر سکتا ہوں مگر تمہاری will کے ہاتھ بازو نہیں کاٹ سکتا کہ یہی تو وہ شئے ہے جس نے تمہیں اتنا اہم بنایا ہے۔ تو

میں چلتا ہوں اور میں دیکھتا ہوں کہ تم کس طرح خود کو بچا پاؤ گے۔"

وہ چلا گیا اور مجھے لگا جیسے میں اس بھری دنیا میں ایکدم سے بہت اکیلا ہو گیا ہوں۔ میں فرش پر اسی طرح کچھ گھنٹے پڑا رہا۔ میں نے ان چند گھنٹوں میں بہت کچھ دیکھا۔ ایک گدھ جو گوشت کے ٹکڑوں کے لئے میری طرف بڑھ رہا تھا۔ پر گھر کے سارے دروازے تو بند تھے تو پھر گدھ کہاں سے آ گیا۔ کون جانے کہ موت کا فرشتہ جاتے ہوئے اس کے کانوں میں کچھ کہہ گیا ہو۔ ایک سرگوشی جس کے بعد اس گدھ کے لئے گھر کا دروازہ توڑ کر اندر گھسنا بھی ممکن ہو جاتا ہو۔۔۔۔۔۔ پر شاید یہ میرا دھوکہ تھا لیکن سوچنے کی بات یہ تھی کہ کون آئے گا مجھے لینے کے لئے؟ شاید سب سے پہلے چیونٹیاں اور مکھیاں اور کاکروچ جمع ہوں گے۔ تو ایسے جاؤں گا میں اس دنیا سے۔ میرے ذہن میں یہ بھی آیا کہ کسی طرح گھسٹتے ہوئے اگر میں باہر صحن میں پہنچ جاؤں تو شاید میں واقعی میں کسی گدھ، کسی کتے یا پھر رات گئے کسی آوارہ گیدڑ کو اپنی طرف متوجہ کر سکوں۔۔۔۔۔۔ اور کچھ نہیں تو میں اس تیزی سی ختم ہوتی ہوئی جنگلی دنیا کو ایک "بڑا کھانا" تو دے کر جاؤں گا۔

زندگی اور موت کی اس سرحد پہ میں نے قدموں کی آواز سنی۔ میں نے سر اٹھا کر دروازے کی طرف دیکھا۔ پھر سے وہی جونک تھا۔ اس مرتبہ اس میں ہمت نہیں ہوئی کہ وہ اندر داخل ہوتا۔ اس نے بس اپنے ہاتھ میں پکڑا تھیلا اندر دھکیل دیا اور واپس بھاگ گیا۔ وہ چیزیں میرے ایک اور ہفتے تک جینے کا سامان تھیں اور اس نے یہ سب پتہ نہیں کیوں کیا تھا۔ میں اسے جانتا ہوئے سوچ سکتا تھا کہ یہ اس کے لئے آسان نہیں تھا۔ وہ یہ کام کرتے ہوئے اتنا شرمندہ تھا کہ مجھ سے نظریں بھی نہیں ملا سکا تھا۔ اور میں نے اپنے اندر ایک عجیب سی طاقت محسوس کی۔ اگر اس جیسا قابلِ رحم شخص مہربانی کے ایسے جذبے پر قادر تھا تو شاید میں اتنا بھی بے بس نہیں تھا جتنا میں خود کو سمجھ رہا تھا۔ شاید اس

راکھ کے اندر کہیں کوئی چنگاری تھی۔ اور اس چنگاری کو ڈھونڈنے کے لئے میرے پاس ابھی ایک اور ہفتہ تھا۔

میں سوچتا رہا اور سوچتا رہا لیکن کسی نتیجے پر نہیں پہنچ پایا۔ اگلے ہفتے ایک مرتبہ پھر وہی بھوک تھی اور میری آنکھیں ایک مرتبہ پھر دروازے کو لگی تھیں۔ پتہ نہیں میں کیا ڈھونڈ رہا تھا۔ وہ پہلے ہی خود پر جبر کر کر مجھے ایک ہفتے کی خوراک دے چکا تھا۔ اگر میرے اندر جینے کی ذرا بھی خواہش ہوتی تو میں یہاں سے جا چکا ہوتا۔ اب اس نے ٹھیکا تو نہیں لے رکھا تھا کہ وہ ساری زندگی مجھے پالتا رہے۔ لیکن میں پھر بھی اس کا انتظار کر رہا تھا۔ اور وہ ٹھیک اس وقت آیا جیسے کہ وہ پہلے آیا کرتا تھا۔ اس مرتبہ وہ کمرے کے اندر آ گیا۔ اس نے چیزوں کا تھیلا دیوار کے ساتھ ٹکایا اور باہر نکلنے کو ہی تھا کہ میں نے پوچھا

''ایسا کب تک چلے گا؟''

''جب تک چلے گا''

''میں کیوں تم سے یہ سب قبول کر لوں؟''

''پتہ نہیں۔۔۔۔۔ یہ سوال تو تمہیں اپنے آپ سے کرنا چاہیے۔''

''میرے پاس تمہیں دینے کے لئے کچھ بھی نہیں بچا۔۔۔۔ کیا تم سمجھ نہیں رہے ہو؟''

''میں تمہیں سن رہا ہوں پر میرے پاس سمجھو کوئی جواب نہیں ہے۔'' اس نے سادہ لہجے میں کہا۔

''تم کون ہو؟۔۔۔۔۔ تم کوئی Saint نہیں ہو۔ تم تو وہ وجہ ہو میں جس کی بدولت آج اس حالت کو پہنچا ہوں۔ اگر تم مجھے میری چیزوں کی صحیح قیمت ہی دے دیتے تو ہمیں یہ دن نہ دیکھنا پڑتا۔ اب تم خوراک کے چند تھیلے دے کر اپنی روح کو عذاب سے بچا نہیں

پاؤ گے۔ Salvation اتنی سستی نہیں خریدی جا سکتی میرے دوست۔" میں نے بے رحم لہجے میں کہا۔

"یہ سنہری موقع ہے کہ میں بھاڑ میں جاؤ کہوں اور ہمیشہ کے لئے چلا جاؤں۔ تم صحیح کہتے ہو کہ یہ میری ذمہ داری بہر حال نہیں ہے۔ لیکن میں ایسا نہیں کروں گا۔ میں تمہیں بس ایک بات بتانا چاہتا ہوں کہ یہاں کوئی بھی اپنی Salvation کی کوشش نہیں کر رہا ہے۔ نہیں جناب۔۔۔۔۔۔ میں شاید پوری زندگی ایک جونک رہا ہوں مگر میں گدھ نہیں ہوں۔ میں یہاں کھڑا ہو کر تمہاری موت کا انتظار نہیں کر سکتا۔ یہ میرا قصور نہیں ہے۔ میں شاید بنایا ہی ایسا گیا ہوں۔ تم سکون کرو اور اسے میری طرف سے کوئی احسان مت سمجھنا۔ اگر تمہیں تسلی ملتی ہے تو یہی سمجھ لو کہ میں پچھلے سودے میں کمائے گئے منافع میں سے تمہیں تمہارا حصہ دے رہا ہوں۔"

وہ چلا گیا مگر ساتھ میں ایک عجیب سی روشنی چھوڑ گیا۔ اگر اس جیسا گھٹیا انسان ایسا Heroic کام کر سکتا تھا تو میں کیوں نہیں اس کیفیت سے نکل سکتا تھا؟ میں فوراً کھڑا ہو گیا۔ اس وقت میں اپنے اندر اتنی طاقت محسوس کر رہا تھا کہ میں وہ کھڑکی بھی کھول سکتا تھا مگر میں نے فیصلہ کیا کہ مجھے سب کچھ صحیح کرنا ہے۔ میں سوچ رہا تھا اور مجھے اندازہ ہوا کہ ساری زندگی میں زندگی کے دریا میں بہتے تختوں کے ساتھ بہتا رہا ہوں مگر اب اسے ختم ہونا ہو گا اگر مجھے واپس آنا ہے۔ یہ ایسی چیز نہیں ہے میں جس سے بھاگ سکوں۔ خدا اچھی چیزوں کو بری چیزوں سے پیدا کرنے کی صلاحیت رکھتا ہے۔۔۔ ایک ہی مثال سے وہ کتنوں کو بھٹکا دیتا ہے اور کتنوں کو ہدایت دیتا ہے۔ یہ کوئی سزا نہیں تھی یہ تو میرا امتحان تھا۔ میں جانتا تھا کہ مجھے یہ امتحان میرے ان کل کی طرف سے دیا گیا تھا پر یہ اہم نہیں تھا کہ اس نے مجھے یہ امتحان کیوں دیا تھا؟ ان کے لئے تو جیسے میں کوئی کیڑا تھا جو کوئی فیصلہ

نہیں کر سکتا تھا اور اس لئے وہ مجھے استعمال کر سکتے تھے۔ انہوں نے تو جیسے مجھے شبنم کے ایک قطرے میں قید کر دیا تھا اور اب مجھے ہاتھ پاؤں مارتے دیکھ کر خوش ہو رہے تھے۔ پر وہ بھول گئے تھے کہ جب روشنی زمین پر پڑتی ہے تو شبنم کے قطرے اپنا وجود برقرار نہیں رکھ سکتے اور مجھ جیسے کیڑے بھی آزاد ہو جایا کرتے ہیں۔ مجھ تک بھی میرے خدا کی روشنی پہنچ چکی تھی اور مجھے لگا کہ جیسے مجھے اس مہربان ہستی نے ایک اور موقع دیا تھا۔ میں نے شیو کی، شاور لیا اور مناسب سے کپڑے پہن کر باہر نکل گیا۔ میں سب سے پہلے اپنے ایک پرانے کلائینٹ کے پاس گیا جو ہوٹلنگ کے بزنس میں تھا۔ وہ مجھے اچھی طرح جانتا تھا اور میرے گھر کے بارے میں بھی انجان نہیں تھا۔ وہ مجھے دیکھ کر تھوڑا حیران ہوا اور اس کی حیرت اور بڑھ گئی جب میں نے اسے بتایا کہ میں اس کے پاس بزنس کے سلسلے میں آیا ہوں

"میں سن رہا ہوں۔" اس نے مجھے کہا مگر اس کی آنکھوں میں ایک بہت بڑی بے یقینی تھی جیسے کہ اسے مجھ سے کسی بزنس کی کوئی توقع نہ تھی مگر پھر بھی وہ میری تسلی کے لئے میری بات سننے کو تیار تھا۔

"تم میرے گھر کے بارے میں تو جانتے ہی ہو؟"

"تمہارے گھر کے بارے میں کون نہیں جانتا؟" وہ مسکرایا

"ہاں بالکل۔۔۔۔۔ میں زیادہ لگی لپٹی رکھے بغیر سیدھی بات کروں گا۔ میں اس گھر کو ایک ریستوران میں بدلنا چاہتا ہوں۔" میں نے کہا۔

"کیا؟ کیا تم پاگل ہو گئے ہو؟ کون آئے گا ایسی جگہ پر؟" اب تو وہ واقعی حیران تھا۔

میں وہاں ایک سال سے رہ رہا ہوں اور اچھی طرح جانتا ہوں کہ اس گھر میں آنے والی وہ ساری مخلوقات بے ضرر ہیں۔ خاص طور پر اگر ہم ضروری اقدامات کر لیں۔"

"کیا مطلب؟"

"دیکھو تم تو خود اس بزنس میں ہو اور اچھی طرح جانتے ہو کہ نیا ریستوران کھولتے ہوئے سب سے مشکل چیز ہوتی ہے اس کی تھیم۔ تھیم میرے دوست۔۔۔۔۔۔ سب سے اہم چیز نہ تو سرمایہ ہوتا ہے اور نہ جائیداد بلکہ ریستوران کی تھیم۔ اور میرے پاس نہ صرف جگہ ہے بلکہ تھیم بھی ہے۔۔۔ ایک بھوتوں والے گھر کی تھیم۔ ہمیں بس تھوڑا سا invest کرنا پڑے گا۔ کچھ گہرے رنگوں کا پینٹ ہو گا۔ کم روشنی کے بلب لگائیں گے اور دیکھنا لوگ یہاں بھاگے چلے آئیں گے۔

"تم پاگل ہو گئے ہو۔ وہاں کون آئے گا؟"

"تمہیں کو کوئی اندازہ نہیں ہے۔۔۔۔ لوگ اس قسم کی تفریح کے لئے مرے جا رہے ہیں اور پھر میں بتا رہا ہوں نہ کہ یہ بہت ہی safe ہے خاص طور پر آدھی رات سے پہلے۔ شام سے پہلے وہاں کوئی زیادہ بھوت نہیں آتے۔

"پر ہوٹل کا بزنس تو شروع ہی شام کے بعد ہوتا ہے؟"

"اب آیا نہ مزا۔ اب تم نے اسے ایک بزنس پروجیکٹ کے طور پر پرکھنا شروع کیا۔ لیکن اس کی فکر نہ کرو۔ میں اس کے بارے میں سب کچھ سوچ کر آیا ہوں۔ میرے پاس اس کا حل ہے۔

میں تمہیں کو بتاتا ہوں۔ ہم تھوڑی سی کنسٹرکشن کریں گے۔۔۔۔۔۔۔۔ گھر کے گرد شیشے کی بڑی بڑی دیواریں بنائیں گے اور دن میں تو ہم گھر کے اندر انتظام کریں گے اور رات کو سب لوگ شیشے کے ادھر صحن میں ہوں گے۔ ان بڑے بڑے شیشوں سے وہ گھر میں گھومتے ہوئے بھوت دیکھیں اور مزے مزے کے کھانے کھائیں گے۔ اس سے انہیں ہمیشہ ایک شک بھی رہے گا کہ ہو سکتا ہے کہ ہم کوئی کھیل کھیل رہے ہوں اور

ایک یقین بھی کہ شاید سب سچ ہی نہ ہو۔ ہم کبھی کبھار کوئی کچھ غیر معمولی چیزیں جان بوجھ کر بھی کر دیا کریں گے اور اس طرح یہ سلسلہ چلتا رہے گا۔ گھر کے اندر میرے علاوہ رات کو اور کوئی نہیں جایا کرے گا اور پھر ہمارا سب سے بڑا شو تب ہو گا جب ہر رات میں بارہ بجے کے قریب مہمانوں کے سوالات لے کر روحوں سے ان کے جوابات لایا کروں گا۔ روحوں کے لئے تو یہ معمولی سی بات ہے مگر ہمارے مہمانوں کے لئے یہ life time experienceہو گا۔ یقین کرو کہ اگر ایسا ہو گیا تو سال سال کی بکنگ رہے گی اور ہمارے پاس لوگ مختلف ملکوں سے آئیں گے یہاں"۔

"This might work"

"یہ ضرور کام کرے گا۔ مجھے کچھ لوگوں سے ملنے دو اور میں تمہیں بتاتا ہوں کہ ہمیں کتنی investmentکی ضرورت پڑے گی۔ بہت کام کرنا ہے مگر I am smelling money here"

میں اس کے دفتر سے نکلتے ہوئے سوچ رہا تھا کہ زندگی مجھے ایک موقع اور دے رہی ہے۔ اس رات میں اپنے گھر میں بیٹھا تھا کہ میرے کمرے کے بند دروازے میں سے میرے ان کل کمرے میں داخل ہوئے۔ یہ تو خیر روحوں کا معمول ہی تھا کہ وہ جہاں چاہتیں آ جا سکتی تھیں مگر اس کمرے میں آتے ہوئے جیسے ان سب کا جی گھبراتا تھا۔ تو یہاں آنے سے وہ اپنی مرضی ہی سے ذرا گریز کرتیں ورنہ میرے میں یا ان دروازوں میں انہیں روکنے کی طاقت کہاں تھی؟ لیکن ان کل کو دیکھ کر تو میں حیران ہی ہوا۔ وہ تو کبھی بھی اپنے کمرے سے باہر نہیں نکلے تھے۔ وہ اس وقت بہت غصے میں لگ رہے تھے۔ وہ مجھے ویسے ہی گھور رہے تھے جیسے میں نے کبھی انہیں اس چھپکلی کو گھورتے دیکھا تھا۔ گھورنے میں ان کا مقابلہ مشکل تھا اس لئے میں نے ہلکا سا مسکراتے ہوئے کہا

"کیا حال ہے ان کل؟"

"تم کیا ہو؟ ایک کیڑے۔ اس سے زیادہ کچھ نہیں ہو تم اور اب تم چلے ہو اس جگہ کو ایک تماشہ بنانے۔ میں نے زندگی میں اس سے زیادہ فضول آئیڈیا نہیں سنا کہ ایک haunted گھر کو ہوٹل بنا دیا جائے۔ کون بھلا ایسی جگہ کھانے پر آئے گا؟"

"ارے آپ تو ویسے ہی پریشان ہو رہے ہو۔ ابھی کچھ بھی فائنل نہیں ہے۔ ہم اسے ایک تھیٹر بھی بنا سکتے ہیں"

"تم میرے ساتھ مذاق کرنے کی کوشش کر رہے ہو؟ تم جانتے ہو میں نے زندگی بتائی ہے اس گھر کو خاص بنانے میں۔ میں نے اس گھر کو تین دنیاؤں کے اسراروں سے بھرا ہے اور تم یہاں سستے پیزا اور Spaghetti بیچنا چاہتے ہو؟"

"ہم ذرا دیسی انداز کی چیزیں سوچ رہے تھے جیسے BBQ وغیرہ۔ لیکن ہم ایک بات کو خیال رکھیں گے کہ کوئی بھی چیز یہاں سستی نہ ہو" میں نے پرسکون انداز میں کہا۔

انہوں نے غصے سے میری طرف دیکھا "تمہیں اندازہ نہیں کہ میں تمہارے ساتھ کیا کچھ کر سکتا ہوں؟"

"آپ جو بھی کرو گے اس سے اس گھر کی قیمت میں اضافہ ہی ہو گا۔ بلکہ میں تو چاہوں گا کہ آپ کبھی کبھار خود بھی لوگوں کے سامنے آنا اور انہیں بتانا کہ کیسے آپ نے تین دنیاؤں کے اسرار یہاں اکھٹے کئے۔ بلکہ ہم آپ کا چہرہ اس ہوٹل کے Logo میں بھی استعمال کر سکتے ہیں جیسے وہ کرنل کی تصویر کو KFC والے کرتے ہیں۔۔۔۔۔ تو آپ کرو جو کچھ کرنا چاہتے ہو۔ میں اس دفعہ آپ سے رکنے کو نہیں کہوں گا۔ چڑیا گھر کا اصل مزا اسی میں ہے کہ اس میں شیر دھاڑتے چنگھاڑتے رہیں ورنہ کیا فائدہ۔ تو اس گھر

کی شیشے کی دیواروں کے اندر آپ جو بھی کروگے میرا ہی فائیدہ ہے اور یہ بات میں جانتا ہوں کے ان دیواروں کے دوسری طرف تم کچھ بھی نہیں ہو۔۔۔۔۔۔کچھ بھی نہیں۔"

وہ کھڑکی کے قریب ایک کرسی پر بیٹھ گیا اور تقریباً منت کرنے کے انداز میں کہنے لگا کہ "Please کھڑکی کھول دو اور مجھے آزاد کر دو۔ میں نہیں چاہتا کہ لوگ مجھے اس طرح دیکھیں جیسے کہ میں کوئی تماشا ہوں۔"

"نہیں یہ اب نہیں ہو سکتا۔ تم نے مجھے اس کھڑکی کا محافظ بنایا تھا اور میں اپنی fate سے بھلا کیسے بھاگ سکتا ہوں؟۔۔۔۔۔اور ہاں کوشش کرنا کہ شام کو تم اچھے لباس میں رہو آخر اتنے لوگ تمہیں دیکھا کریں گے۔"

تو کچھ ہی مہینوں میں ہم واقعی اس جگہ کو ایک خوبصورت ریستوران میں بدلنے میں کامیاب ہو گئے۔ وہ شروع سے ہی ایک کامیاب تجربہ تھا۔ لوگ دور دور سے آ رہے تھے اور ہم اسے کھولنے سے پہلے ہی ہفتوں کے لئے بک ہو گئے تھے۔ میری بیگم بھی واپس آ گئی اور ہم نے یہاں سے قریب ہی ایک گھر لے لیا اور زندگی اتنی خوبصورتی سے بہنی لگی کہ کچھ مہینے پہلے میں جس کے بارے میں سوچ بھی نہیں سکتا تھا۔

بہت ممکن تھا کہ میں اس گھر میں مارا جاتا۔ بہت ممکن تھا کہ میرے ان کل نے جو کھیل شروع کیا تھا وہ میری پوری زندگی کو کھا جاتا۔ اور میں تباہی کے بہت قریب تھا لیکن وہ ایک لمحہ جب ایک جونک نے جونک بننے سے ان کار کر دیا۔۔۔اور اس کے ساتھ ہی سب کچھ بدل گیا۔ تقدیر کے بڑے طوفان کا رخ مڑ گیا۔ میں اس جونک سے دوبارہ کبھی نہیں ملا سوائے ایک بار کے جب میں اسے سڑک پر ملا۔ وہ مجھے دیکھ کر بہت خوش ہوا۔ ہم چند لمحے کھڑے رہے مگر ایسے تھا جیسے ہمارے بیچ کہنے کو کوئی بات تھی ہی نہیں۔ ایسے میں میں نے اسے کہا کہ میں اپنی گھڑی بیچنا چاہتا ہوں۔ پتہ نہیں میں نے ایسا کیوں کیا۔ شاید

میں اس سے صرف بات کرنا چاہتا تھا یا پھر دیکھنا چاہتا تھا کہ وہ کچھ تبدیل ہوا ہے یا نہیں۔ وہ گھڑی میں نے ابھی چند ہفتے پہلے دو لاکھ کی لی تھی۔ اس نے گھڑی پکڑی اور بہت دیر تک اسے ٹٹولتا رہا اور پھر جب وہ قیمت دینے کو آیا تو نہ صرف اس نے چند ہزار سے اوپر قیمت نہ لگائی بلکہ اس گھڑی کی برائیاں ایسی کیں کہ مجھے لگا جیسے میں نے اسے کچھ دیر اور پہنا تو میری سانس چلنا ہی بند نہ ہو جائے۔ وہ بہر حال ایک جونک ہی تھا۔ وہ گھڑی خرید کر شاداں سڑک کے ہجوم میں غائب ہو گیا اور میں اپنے گھر کی طرف چل پڑا۔ اس دن میں واقعی میں دل سے خدا کا شکر گذار تھا کہ اس نے مجھے اپنے آپ کو بدلنے کا موقع دیا ہے ایک چیز جو عام لوگوں کے نصیب میں بہت کم ہوتی ہے۔ لاکھوں لوگوں کی زندگیاں بدلنے والے بھی کئی مرتبہ اپنے آپ کو اس طرح بدل نہیں پاتے کہ خود کو بدلنا دنیا کا سب سے مشکل کام ہے۔

ایک سوال البتہ ہمیشہ رہے گا کہ اس نے ایسا کیوں کیا؟ وہ مہربان عمل اس جونک ایسے شخص کے دل میں اترا تو اترا کیسے ؟ ہاں مگر یہ میری کہانی نہیں اس کی کہانی ہے اور اگر وہ کبھی لکھنے بیٹھا تو آپ کو سنائے گا۔

☆☆☆

ایک المیے کا المیہ

ہم لوگ وقت کو معین رفتار سے چلنے والی سوئیوں سے ماپتے ہیں، ایک کوزے میں زرہ زرہ گرنے والی ریت کا تصور باندھتے ہیں۔ کائنات کے دل میں چھپی ایک غیر مرئی گھڑی کو لازم گردانتے ہیں۔۔۔۔۔۔ اور یوں اکڑے ہوئے پھرتے ہیں جیسے ہم نے کوئی عفریت بانہوں میں جکڑ رکھا ہو۔۔۔ عفریت جو ہر ساعت آزاد ہونے کو مچلے جاتا ہے۔ جو prometheaus کی طرح ہر لمحہ اپنی ہیئت بدل سکتا ہے، عفریت جو بہت طاقتور اور تیز رو ہے مگر ہم گویا اس کی رفتار سے بھاگنے پر قادر ہیں۔

وقت زندگی کی عمومیت سے بہت بالا ایک ماورائی دنیا کے خواب کی طرح ہے۔ اس شاہراہ کی طرح جو ہمارے قدموں سے لپٹی ہے مگر اس کا دوسرا اسرا انجانی بستیوں تک پھیلا ہے۔ وہ بستیاں ہم جن تک کبھی نہ پہنچ پائیں گے۔ جہاں بہت ممکن ہے کہ ہمارے جیسے لوگ رہتے ہوں پر وہ سب کہانیوں کے کرداروں کی طرح سطحِ زمین سے ذرا اوپر تیرتے رہتے ہیں۔ ہر کہانی ایک ڈور کی طرح ہوتی ہے جس سے کھنچ کر یہ کردار ہماری زندگیوں میں اتر آتے ہیں۔ ہم جو آنکھیں بند کئے شاہراہ کے آغاز پر کھڑے رہتے ہیں۔ ایسے میں کبھی کبھار ہوا کے بے نیاز جھونکے محیر العقول چیزوں کو آپ کے اتنے قریب لے آتے ہیں کہ آپ ان کی سرگوشیاں بھی سن سکتے ہو لیکن عام حالات میں تو آپ بس حقیقت کو خود سے چمٹائے رکھتے ہو جیسے کوئی بچہ اپنے پسندیدہ کمبل کو چمٹائے رکھتا ہے۔

تو ایک بہت بڑا کہانی کار ہے جو بڑی شدت سے آپ کے گرد ایک انجانی دنیا بھرتا

چلا جاتا ہے۔ زندگی سی عمومیت سے بہت بالا ایک ماورائی دنیا۔۔۔۔۔

جیسے کسی شہزادی کا سوئمبر ہو

جیسے بہت بڑی جنگ کا منظر ہو

جیسے خونخوار درندہ نہتے راہگیر پر دوڑا چلا آئے

ہم اس دنیا میں پوری طرح پیوست ہوتے چلے جاتے ہیں، کہانی سے جڑتے چلے جاتے ہیں۔ ہماری آنکھیں کہانی کار سے آگے دیکھنے کو مچلے جاتی ہیں۔

اس شہزادے کو کھوجتی ہیں جو سوئمبر کی ناممکن العمل شرائط کو پورا کر سکے۔ اس داؤد کو دیکھتی ہیں جو Goliath سے پہلوانوں کو زیر کر دے۔ بڑی بیتابی سے گھنے جنگل میں درندے سے بچنے کا راستہ سوچتی ہیں۔ اور ایسے میں کہانی کار ایک عام آدمی کو لئے آگے بڑھتا ہے۔

عام آدمی جو دور ٹنگی انگوٹھیوں میں سے تیر گذار دیتا ہے۔

جس کی غلیل آہنی زرہ میں بھی کمزور مقامات بھانپ لیتی ہے۔

جس کے تعاقب میں بھاگتا درندہ ان دیکھے پھندے میں جا گرتا ہے۔

یہاں انجام ہمیشہ داد و تحسین کے ڈونگرے ہوتے ہیں۔ تحسین جو ہمارے دل کی گہرائیوں سے نکلتی ہے۔ تحسین جو اس لئے ہوتی ہے کہ ان عام آدمیوں کے بیچ ہمیں اپنا پرتو نظر آتا ہے۔ زندگی کی بے مقصد مشقتوں کے بیچ بہشت کا خواب جاگتا ہے۔ اور زندگی بھلا ہے ہی کیا۔۔۔۔۔ غیر ضروری، چھوٹے چھوٹے ،بے حقیقت کام۔۔۔۔۔ ہم انسان جنہیں سرانجام دیتے ہوئے کیڑے مکوڑوں کی طرح مرتے رہتے ہیں۔ بس ایک کہانی کار ہی ہمیں ایسی پست زندگی کے بوجھ سے آزاد کروا سکتا ہے۔ اور وقت جیسے اس کہانی کار کا سب سے خوبصورت افسانہ ہے۔ ایک ایسا فسوں ہے جسے

بہت بڑے ساحر نے ہمارے گرد پھیلا رکھا ہے۔ اس فسانے کی زنجیریں سونے کی مانند چمکدار ہیں۔ یہ شاید بہت مضبوط نہیں ہیں مگر ہم لوگ انہیں بیش قیمت جان کر اتنی شدت سے خود سے لپٹائے بیٹھے ہیں کہ ہر فرار ناممکن نظر آتا ہے۔ پتہ نہیں کیوں ہمیں لگتا ہے جیسے ہم نے اپنی گھڑی کی بوتل میں کسی بے پناہ طاقت والے جن کو قید کر رکھا ہو اور اسے ہم اپنی بہت بڑی achievement بھی سمجھتے ہیں۔

پر ہم میں سے کتنے ہیں جو ذرہ ذرہ گرنے والی ریت دیکھتے رہیں، معین رفتار سے چلنے والی سوئیوں کا مشاہدہ کریں۔۔۔۔ کچھ اس طرح کہ ہر ساعت ہماری آنکھیں اس شاطر پر جمی رہیں، اس کے بطن سے ابھرنے والے ہر سراب کا تجزیہ کر سکیں۔ نہیں۔۔۔۔ ایسے مشاہدہ کرنے والے کہیں نہیں ہیں۔ کسی کے پاس اتنی فرصت نہیں ہے۔

پھر یہاں ہم کیسے یقین کر لیں کہ یہ سوئیاں معین رفتار سے ہی چلتی ہوں گی۔ کون جانے کہ نظر چوکتے ہی وہ تھم سی جائیں اور کسی سست الوجود خرگوش کر طرح گھنے برگدوں کی چھاؤں میں سستانے لگیں۔ وہ پڑی سوتی رہیں اور جب ہمارے متوجہ ہونے کی آہٹ سنائی دے تو جھٹ چھلانگیں مارتے ہوئے بہت آگے پہنچ جائیں۔۔۔۔۔۔ کسے خبر کہ ایسا ہی ہوتا ہو؟

جیسے کوئی انسپکشن ٹیم کسی سکول میں جائے اور ہر کلاس میں دھلے، کلف لگائے کپڑوں والے استاد پڑھاتے نظر آئیں، سکول کا ہر کونہ اتنا صاف ہو کہ بے اختیار سانس لینے کو دل چاہے، ہر جماعت کی حاضری پوری ہو۔۔۔۔۔ سب کچھ آپ کی آنکھوں کے سامنے ہے مگر یقین ہے کہ دل زدہ بچے کی طرح بہلنے کو نہیں آتا۔ سکول ایسے تو نہیں ہوتے نہ۔ کوئی بچہ تو ایسا ہونا چاہیے جو صبح استری شدہ کپڑے پہن کر آنا بھول گیا ہو۔ کوئی استاد تو رات ہونے والی بدمزگی کا غصہ بچوں پر اتار رہا ہو۔ سکول کا کوئی چپراسی تو ہیڈ ماسٹر

کے ذاتی کام سے گیا ہونا چاہیے۔۔۔۔۔۔ ایسے میں آپ کو لگتا ہے کہ کوئی گڑبڑ ہے۔ آخر سب کچھ اتنے سلیقے، اتنی ترتیب سے تو نہیں ہو سکتا نہ؟ آپ کا دل گھبرانے لگتا ہے پر آپ جب ٹیم کے دوسرے لوگوں کو دیکھتے ہو تو وہ سب اتنے مطمئن نظر آتے ہیں جیسے اس بھونڈے جھوٹ پر یقین کئے بیٹھے ہوں۔ ایک بہت بڑی بے یقینی آپ کی روح میں سرسرانے لگتی ہے۔ پر آپ خود پر جبر کر کر مسکراتے ہوئے سکول کا معائنہ کرتے ہو۔ بڑی خوشدلی سے ہر چیز کی تعریف کرتے ہو۔ ہاں مگر دل میں کہیں بڑبڑاتے ضرور ہو۔

"میں جانتا ہوں کہ یہ سب جھوٹ ہے اور میں سچائی کو ڈھونڈ کر رہوں گا۔"

پر سچائی ایک ایسا خواب ہے جس کی تعبیر بنی آدم کو سزاوار نہیں۔ اس دنیا کا خمیر جھوٹ میں گوندھا گیا ہے۔ "بے شک یہ دنیا جھوٹ اور دھوکہ ہے۔ سمندر کا پانی کسی کی پیاس نہیں بجھا سکتا۔ ایسی کوششوں میں مسافر وقت سے کہیں پہلے اپنی جانیں گنوا بیٹھتے ہیں۔ لیکن آپ یہ بات نہیں مانتے اور اس سکول سے ایک نیا عزم لے کر نکلتے ہو۔ اب چاہے کچھ بھی کرنا پڑے پر اس پردے کو تو اٹھنا ہی ہو گا۔ بڑی مشکل سے آپ دوبارہ انسپکشن کی اجازت لیتے ہو (یہ بہرحال کوئی آسان کام نہیں کہ سینکڑوں دوسرے سکول بھی آپ کی توجہ کے منتظر ہوتے ہیں۔۔۔۔ پر پتہ نہیں کیوں آپ کو لگتا ہے کہ اگر ایک غلط کار بھی پکڑا جا سکے تو اس نوکری کا حق ادا ہو جائے گا)۔ تو اب کے آپ اپنی انسپکشن کو بہت خفیہ رکھتے ہو۔ پر جب سکول کے سامنے پہنچتے ہو تو دور سے چونے کی کھچی لکیریں آپ کا استقبال کرتی ہیں۔ غور سے دیکھیے تو شاید اس چونے سے کسی خوش مذاق نے "خوش آمدید" بھی لکھ رکھا ہے۔

اور یہ بڑی عجیب گھڑی ہوتی ہے۔ چونے کی بے جان لکیریں آپ پر ہنستی ہیں۔ گراؤنڈ میں کھڑے وہ چھوٹے چھوٹے بچے قہقہے لگاتے ہیں جنہیں ٹھیک طرح سے اپنی

ناک صاف کرنی بھی نہیں آتی۔ سکول کی دیواروں پر لکھے شعر طنز کے نشتروں کی طرح روح میں اترتے چلے جاتے ہیں۔

دل میں ایک جسیم بدمزگی دوڑتی ہے۔ آپ نہیں جانتے کہ کیا ہوا؟ انہیں کس نے خبر کی؟ آپ جانتے ہو تو بس اتنا کہ آپ انہیں کبھی پکڑ نہ پاؤ گے۔۔۔۔۔۔ تو اس کے بعد کے پچیس برس آپ کلف لگائے استادوں اور دھلے دھلائے بچوں کی تعریفیں لکھتے گذار دیتے ہو۔۔۔۔۔ ان سکولوں کی تعریفیں جن کے باتھ روم مہینوں تلک خراب رہتے ہیں؟ جن کے اساتذہ گھروں میں پاؤں پسارے لیٹے رہتے ہیں اور ان کی حاضریوں سے سکول کے رجسٹر بھرے نظر آتے ہیں، جن کی جماعتوں میں لکھنے کے لئے چند روپوں کے چاک تلک نہیں ہوتے۔

ایسی ہی بدمزگی مجھے محسوس ہوتی ہے جب جب میں اپنی گھڑی کی سمت دیکھتا ہوں۔ میں نے وہ وقت گذارا تھا جب چند گھڑیوں کے انتظار میں آدمی بوڑھا ہو جاتا ہے اور وہ ساعتیں بھی جن کی اوٹ میں برسوں گذرتے چلے جاتے ہیں۔۔۔۔۔۔ میں اب اس کھیل کو اچھی طرح جاننے لگا تھا۔ ایسے جیسے لوگ اپنے بچوں کو جانتے ہیں۔ لیکن پھر بھی جب جب میری نظر معین رفتار سے چلتی سوئیوں پر پڑتی ہے تو میرا اعتبار ہر چیز سے اٹھتا چلا جاتا۔

ایک وقت تھا جب مجھے لگتا تھا کہ میں اس شرارت کو پکڑ پاؤں گا۔ ایک وقت تھا جب میں پلٹ پلٹ کر گھڑیوں کی سمت دیکھتا تھا اور اب۔۔۔۔ اب کمرے میں لگے وال کلاک کی مدھم ٹِک ٹِک مجھے سونے نہیں دیتی۔ تو میں نے اپنے کمرے، اپنی کلائی، اپنی زندگی سے گھڑیوں کو نوچ پھینکا ہے۔ اب اگر اتنے واضح اعلانِ شکست کے بعد بھی میں جی رہا ہوں تو مان لیجئے کہ موت کے بعد ایک لازوال، نہ گذرنے والے وقت کے تصور نے

مجھے سہار کھا ہے۔ میں اتنا خوفزدہ ہوں کہ مرنے کا حوصلہ کھو چکا ہوں۔

مرنے کا حوصلہ۔۔۔۔۔۔ ہم بھلے خودکشی کرنے والوں کو بزدل و کم ہمت سمجھ کر ان کی تحقیر کرتے رہیں مگر سچ یہی ہے کہ مرنے کے لئے بھی بہت حوصلہ چاہیے ہوتا ہے۔ لیکن آپ یہ بات کبھی سمجھ نہیں پاؤ گے۔ اسے سمجھنے کے لئے شاید آپ کو کسی بلند مینار سے کودنا پڑے۔ اور ہم میں سے کتنے لوگ ہیں جو محض ایک چیز جاننے کے لئے اتنی بڑی قربانی دے پائیں گے؟ چلو میں ہی آپ کو بتائے دیتا ہوں۔۔۔۔۔۔ جب آپ چھلانگ لگانے کے لئے کسی مینار پر بنے جنگلے پر چڑھ رہے ہوتے ہو۔۔۔۔۔ جنگلہ جو کسی کو روک تو بہرحال نہیں سکتا مگر سوچنے کا موقع ضرور دیتا ہے۔ ہونہہ سوچنے کا موقع؟ جب آپ سینکڑوں سیڑھیاں چڑھ کر مینار کی بلندی پر آتے ہو یا پھر بیس منٹ لفٹ کے لئے انتظار کرتے ہو اور پھر پندرہ بندوں کے بیچ سینڈوچ بن کر چوٹی پر پہنچتے ہو تو کیا آپ کو لگتا ہے کہ آپ کو سوچنے کا موقع نہیں ملا؟۔۔۔۔۔۔۔۔ بہرحال سچ یہی ہے کہ ان آخری ساعتوں میں پوری زندگی، سرشتۂ زیست سے جڑے سارے لوگ، ان لوگوں سے اٹھتی ہوئی مہکار یادیں، یادوں کو بوجھل کرتی ہوئی پہاڑ خوشیاں۔۔۔۔۔۔ سب آپ کا بوجھ بن جاتی ہیں۔

اور کوئی کم حوصلہ اتنے بھاری بوجھ کو لئے آگے نہیں بڑھ سکتا۔ میرے آپ سے لوگ تو جنگلے کے قریب ہو کر نیچے جھانکتے ہیں، چھوٹے چھوٹے نکتوں کی صورت گھومتے آدمی دیکھتے ہیں۔ اور خود کو سمٹائے ہوئے لفٹ میں دبک جاتے ہیں۔ گراؤنڈ فلور پر لفٹ کا دروازہ کھلتا ہے اور ہم پھر سے اپنی پہاڑ خوشیوں، مہکار یادوں، لاچار لوگوں اور بیکار زندگیوں کے بیچ بہنے لگتے ہیں۔ لاکھوں کیڑے مکوڑوں کے بیچ کلبلاتے ہیں۔۔۔۔۔ ہم جو چاہتے تو ابدی زندگی کے سارے بھید جان سکتے تھے۔ ہم جو اس چھوٹے سے جنگلے کو

چھلانگتے ہوئے بڑے پرندوں کی سی سبک خرامی سے اڑ سکتے تھے۔ ہم اگر اتنے کم حوصلہ نہ ہوتے۔

کم حوصلہ تو ہم ہیں مگر ساتھ میں شرمناک حد تک لاعلم بھی ہیں۔ ہمارے مشاق حسی آلات ہر لحظہ معلومات اکھٹی کرتے رہتے ہیں لیکن ہمارے پاس ان معلومات کو process کرنے کا وقت نہیں ہوتا۔ عمر بھر ہم عجیب قسم کی غیر ضروری مصروفیات میں گھرے رہتے ہیں۔ اپنے تیئں ہم محنت کے ہتھیاروں سے وقت کو مات دینے کا عزم کئے ہوتے ہیں اور وقت پرسکون انداز میں ہمیں تکے جاتا ہے۔ اس کے چہرے پر وہ اطمینان ہوتا ہے۔ جیسا شاید فاختہ کے پیچھے اڑتے عقاب کے دل میں ہوتا ہوگا۔ شاید وہ نہیں جانتا کہ ہم کب تھک کر اس کے پنجوں سے آٹکرائیں گے۔ وہ جانتا ہے تو بس ایک بات کہ کسی کے لئے بھی فرار ممکن نہیں ہے۔

یہ ہماری زندگی ایک المیہ ڈرامے کی طرح ہے۔۔۔۔ المیہ ڈرامہ جس میں کئی بار اداکاروں کی مسحور کن شخصیت ہمارے ہونٹوں پر مسکراہٹ بکھیر دیتی ہے۔ مگر اختتام ہمیشہ بڑی بڑی کراہوں کی صورت میں ہوتا ہے جو ہمارے کلیجے پھاڑے دیتی ہیں اور چھوٹے چھوٹے آنسوؤں کی صورت جو ہمارے گالوں پر بکھرتے رہتے ہیں۔

المیہ ڈرامہ جہاں ہر مسکراہٹ کی بڑی بھاری قیمت ادا کرنی پڑتی ہے۔ ڈرامہ جس میں ایک معصوم، فرشتہ صورت بچہ اسٹیج پر آتا ہے اور دیر تک اپنی من موہنی حرکتوں سے ہمیں فرحاں رکھتا ہے۔ وہ ہمیں اتنا ہنساتا ہے کہ ایک لمحے کو تو زندگی بڑی ممکن نظر آنے لگتی ہے۔۔۔۔ کتنا آسان ہے سب کچھ۔ ایک بچہ اور ساری زندگی کے غم اڑن چھو۔

لیکن آپ بھول رہے ہو۔۔۔۔ آپ تو یہاں ایک المیہ ڈرامہ دیکھنے آئے تھے۔

المیہ ڈرامہ جہاں ہنسی ستر گنا کرب کے ساتھ لوٹا دی جاتی ہے۔ ابھی آپ کی آنکھوں کے سامنے وہ بچہ بیمار پڑے گا۔ اتنا بیمار کہ تمام دنیا کے اطباء بے بس ہو جائیں گے۔ سارے رشتوں کی محبتیں بے حقیقت ہو جائیں گی۔۔۔۔۔ اور پھر تدفین کا وہ ماورائی منظر آتا ہے جس میں سیاہ لباس میں ملبوس عورتیں دل پھاڑ دینے والے انداز میں ماتم کرتی ہیں اور آپ کی گالوں پر گرم آنسو بکھرنے لگتے ہیں۔ نجانے ڈرامے والوں کو کیسے خبر ہوئی کہ وہ بچہ آپ کو اچھا لگنے لگا تھا۔ آپ کو اس سے ایک گونہ تعلق محسوس ہونے لگا تھا۔

یہیں چھپا ہے اس المیے کا اصل سحر۔ انہوں نے ٹکٹ بیچتے ہوئے آپ کو رلانے کا وعدہ کیا تھا۔ آپ کو۔۔۔۔۔ جو زندگی کے بڑے بڑے تھپیڑے کو مسکرا کر ٹال دینے کے عادی ہو۔

"میں بھلا کیسے رو سکتا ہوں؟" آپ دل میں مسکراتے ہوئے سوچتے ہو اور محبوبہ کا بازو تھامے بڑی متانت سے تھیٹر میں داخل ہوتے ہو۔ ڈرامہ شروع ہوتا ہے۔ ایک کے بعد ایک کردار سامنے آتے ہیں۔ زندگی کے سارے رنگ اس مختصر سے اسٹیج پر بکھرنے لگتے ہیں۔ آپ آہستہ آہستہ کہانی سے جڑتے چلے جاتے ہو۔۔۔۔۔ اور ایسے میں کہیں کوئی بہت شاطر ڈرامہ نگار ہے جو ہر ساعت آپ کے چہرے پر نظریں جمائے بیٹھا رہتا ہے (میں نے بارہا اسے پردے کے پیچھے کھوجنے کی کوشش کی مگر وہاں پھنکاریں مارتے اندھیرے کے سوا کچھ نہ تھا) اور جیسے ہی آپ کسی کردار کو دیکھ کر مسکراتے ہو تو وہ جان جاتا ہے کہ آپ کا کلیجہ پھٹا جاتا ہے۔ آپ کا دل درد سے بھر جاتا ہے۔ ہاں مگر تھیٹر سے نکلتے ہوئے آپ کے ہونٹوں پر بھی ڈرامہ نگار کی قابلیت کے رجز ہوں گے۔

شاید پردوں کے پیچھے کوئی ڈرامہ نگار نہیں چھپا۔۔۔۔۔ پھر بھلا ہال میں بھرے اتنے لوگوں پر نظر رکھنا ممکن بھی کہاں ہو گا؟ نہیں۔۔۔۔۔ وہ ڈرامہ نگار اس سے کہیں

زیادہ عیار ہے۔ وہ اچھی طرح جانتا ہے کہ اس تھیٹر میں گھسا ہر شخص آنسوؤں کو روکنے کا عزم کر کے آیا ہے (میں خواتین کی بات نہیں کر رہا جنہیں آنسوؤں کو نکالنے کے لئے محض موقع کی تلاش رہتی ہے)۔ ہر ایک یہ توقع کر رہا ہے کہ اسے رلانے کی کوششیں کی جائیں گی جن پر وہ دل کھول کر ہنسے گا۔ ڈرامہ فلاپ ہو جائے گا۔

پر ڈرامہ نگار ایسا کچھ نہیں کرتا۔ وہ اچھی طرح جانتا ہے کہ انسانی انا کے مقابلے میں کوئی چیز ٹھہر نہیں سکتی۔ اسے تو بس انا کی اس بے پناہ طاقت کو اپنے مقصد کے لئے استعمال کرنا ہے۔ جیسے تیز ہواؤں کے دیس میں windmills بنا دی جاتی ہیں۔ منہ زور دریاؤں کے ملک میں نہروں کے جال بچھا دیے جاتے ہیں۔ جیسے فاسٹ باؤلر کی تیز گیند کو باؤنڈری تک پہنچانے کے لئے بلے کا کنارا ہی کافی ہوتا ہے۔

تو وہ آپ کو رلانے کی بجائے ہنسانے لگتا ہے اور آپ۔۔۔۔۔۔ آپ تو دکھوں کے سیلاب پر بھی ہنسنے کو تیار تھے۔ پھر بھلا قہقہے لگانا کیا مشکل ہو سکتا ہے۔ تو آپ اس کے بچھائے جال میں پھنستے چلے جاتے ہو۔ نوجوان لڑکیوں کی محبت پر یقین کر بیٹھتے ہو، چھوٹے بچوں کی معصوم حرکتوں سے محظوظ ہوتے ہو۔ آپ آہستہ آہستہ اس مصنوعی زندگی کا حصہ بنتے چلے جاتے ہو۔ گھیرہ تنگ ہونے پر وہ شاطر اپنا داؤ کھیلتا ہے اور آپ سوائے جھنجھلانے کے کچھ بھی تو نہیں کر سکتے۔ آپ کے پسندیدہ کرداروں کو بڑی بے رحمی سے توڑا جاتا ہے اور آنسو ہیں کہ تھمنے کو نہیں آتے۔ شاید آپ یہاں اپنی مردانگی کی لاج رکھنے کے لئے خاموش رہ سکو، اپنی محبوبہ کو رونے پر کمزور دلی کا طعنہ بھی دے لو مگر آنے والی زندگی میں غم آپ کے سر پر منڈلاتا رہے گا۔

تو آپ تھیٹر سے ڈرامہ نگار، اداکاروں اور ہدایت کار کی تعریف میں زمین آسمان کے قلابے ملاتے ہوئے نکلتے ہو۔ مگر اس رات آپ کو بہت دیر تک نیند نہیں آتی۔ آپ کا

دل ان کے لئے پھٹا جاتا ہے جو کبھی تھے ہی نہیں۔۔۔۔۔۔ نہیں، کوئی اتنا بیوقوف نہیں ہو سکتا۔ آپ تو بس اس لئے روتے ہو کہ ایک اور بازی گر آنکھوں میں دھول جھونک گیا۔ ہم تو اپنی بے بصری پر روتے ہیں لیکن فنکاروں کے لئے ہمارے دل میں ستائش کے سوا کچھ بھی نہیں ہوتا۔

اور یہ ستائش انہیں سزاوار بھی ہے کہ فنکار تو ایسے بھی ہیں جو ہزاروں سالوں سے ایک ہی ڈرامے کے ذریعے ہمیں رلاتے چلے آ رہے ہیں۔ ہم سب جانتے ہیں مگر orpheus کے چوہوں کی طرح مست ہوئے ان کے جال میں پھنسے چلے آتے ہیں۔ اور یہ سلسلہ چلتا رہے گا جب تک شہر میں ایک بھی چوہا موجود ہے۔

☆☆☆

وہ میرا بڑا اچھا بیٹا ہے

وہ میرا بڑا اچھا بیٹا ہے۔ روز صبح دروازے پر دستک ہوتی ہے اور وہ اِک مسکراہٹ لئے میرے کمرے میں آتا ہے۔ میری پیشانی کو چھوتا ہے۔ میرے ہاتھوں کو سہلاتا ہے۔ موسم، سیاست، بچوں کی کوئی بات چھیڑتا ہے۔ ایسے لگتا ہے کہ جیسے وہ پورا دن میرے ساتھ بتانے کے لئے آیا ہے۔۔۔۔۔۔۔۔۔ اور پھر نیچے سے ایک آواز آتی ہے اور وہ مسکراتے ہوئے مجھے "خدا حافظ" کہتا چلا جاتا ہے۔

وہ میرا بڑا اچھا بیٹا ہے۔ ہر شام میرے کمرے کا دروازہ کھلتا ہے اور وہ تازہ پھول لئے میرے کمرے میں آتا ہے۔ میز پر رکھے گلدان کو خالی کرتا ہے اور نئے پھول سجا دیتا ہے۔ پھر زندگی کا کوئی ادھورا باب کھولتا ہے۔ سیاست، موسم، بچوں کی کوئی بات چھیڑتا ہے۔ وہ اس سمے پرانی سرائے کا کوئی قصہ گو لگتا ہے۔ ایسا لگتا ہے جیسے وہ رات بھر مجھے بہلاتا رہے گا لیکن پھر وہ گھڑی دیکھتا ہے اور "شب بخیر" کہتے چلا جاتا ہے۔

وہ میرا بڑا اچھا بیٹا ہے۔ ہم روز ملتے ہیں۔ باتیں کرتے ہیں۔۔۔۔۔۔۔ مگر کچھ باتیں جو روز ان کہی رہ جاتی ہیں۔ میری بوسیدہ سی کھڑکی کی زنگ آلودہ چٹخنی گئے سال ٹوٹ گئی تھی۔ میرے بوڑھے ہاتھ اب اس کھڑکی کو کھول نہیں سکتے۔ اور اس کے ساتھ ایک دنیا تھی جو گویا رخصت ہو گئی۔۔۔۔۔۔ پرندوں کی بولیاں، اذان کی آواز، ہوا کے جھونکے۔ ایک روشنی ہے جو مگر اب بھی آتی ہے۔

وہ میرا بڑا اچھا بیٹا ہے۔ ایک دن وہ پھول لئے آئے گا تو میں اس کا ہاتھ تھام لوں گا۔

وہ کچھ کہنے لگے گا تو اس کے لبوں پر انگلی رکھ دوں گا۔ اس کی حیران سی آنکھیں میرے جسم پہ دوڑیں گی تو میں اپنی آنکھیں بند کر لوں گا اور اس کی آنکھوں سے خود کو دیکھوں گا۔۔۔۔۔۔ اور دیکھتا رہوں گا۔ میں وہ ہاتھ نہیں چھوڑوں گا یہاں تک کہ کوئی آواز اسے لینے میرے دروازے تک آ پہنچے۔ صرف تب میں اسے جانے کو کہوں گا۔

وہ کھویا کھویا میرے پہلو سے اٹھے گا۔ دروازے پر جائے گا۔ دروازہ کھولے گا اور پلٹ کر مجھے دیکھے گا۔ اس کی سوال آنکھیں مجھ سے کچھ پوچھیں گی۔ پر میں خاموش رہوں گا۔ کچھ نہیں کہوں گا۔ یہ بھی نہیں کہ میری بوسیدہ کھڑکی پہ جو انگور کی بیل چڑھی جاتی ہے وہ مجھے میری آخری دوست۔۔۔۔۔ میری روشنی سے بھی دور کئے جاتی ہے۔ میں کچھ نہیں کہوں گا۔

وہ میرا بڑا اچھا بیٹا ہے۔ وہ روز میرے کمرے میں آتا ہے۔ پیشانی کو چھوتا ہے۔ میرے بالوں کو سہلاتا ہے۔ وہ میرا بڑا اچھا بیٹا ہے۔

☆☆☆

کارنس پر رکھے گلدان میں ٹھہرا ہوا پانی

مجھے نہیں پتہ کہ یہ کیسے ہوا۔ میں بہت دیر سے بس سٹاپ پر کھڑا تھا۔ وہاں بہت سناٹا تھا۔ ایسا ہمیشہ نہیں ہوتا تھا مگر جب کبھی مجھے دفتر میں بہت دیر تک رکنا پڑتا تو یہاں ایسا ہی سناٹا ہوا کرتا تھا۔ یہ عجیب شہر تھا۔۔۔۔ اتنا پر ہجوم پر چھٹی کے ایک گھنٹے میں خالی ہو جاتا تھا۔ ایسے میں بسیں بھی بہت کم ہو جاتیں اور جو آتیں بھی ان میں بڑے مختلف قسم کے لوگ ہوتے۔ یہ وہ لوگ نہیں ہوتے تھے جو ہر روز میرے ساتھ سفر کرتے تھے۔ یہ تو کوئی اور ہی مخلوق تھی۔ چہرے ایسے بے شناخت جیسے سات پشتوں تک کسی نے زندگی نہ جی ہو، آنکھوں کے گرد حلقے اتنے گہرے جیسے کسی نے مصنوعی طور پر بنا رکھے ہوں اور سب بس کی ٹوٹی پھوٹی کرسیوں پر ایسے اکڑ کر بیٹھے ہوتے کہ جیسے یہاں سے کہیں جائیں گے بھی نہیں۔ ان میں سے کوئی بھی کہیں نہیں اترتا تھا۔۔۔۔۔ ایسا لگتا تھا جیسے سبھی کو آخری سٹاپ پر اترنے کا شوق ہو۔ اگر کوئی پہلے اترتا بھی تو اس دل کے ساتھ جیسے کسی نے اس سے کوئی متاعِ عزیز چھین لی ہو۔

میں ایسے وقت میں گھر جانا نہیں چاہتا تھا۔ میں کبھی دفتر میں دیر تک رکنا نہیں چاہتا تھا۔۔۔۔۔ پر کیا کرتا؟ میری بات کون سمجھ سکتا تھا؟ میں نے اپنے صاحب کو کہا بھی تو کہنے لگے کہ دیر تک تو کوئی بھی نہیں رکنا چاہتا۔ میں انہیں کیسے بتاتا کہ اُن کی بات اور تھی۔ میں انہیں کیسے سمجھاتا کہ میں دیر ہونے پر بس میں ایسے بیٹھتا ہوں جیسے اوباشوں کی بس میں کوئی غریب طالبہ...... جسے ہر صورت سکول جانا ہے۔ باپ کو شکایت اس لئے

نہیں کر سکتی کہ وہ بے بس بھلا کیا کر پائے گا۔ ہاں اتنا با غیرت ضرور تھا کہ اسے سکول سے ہی اٹھالیتا۔ تو وہ ایک بہتر مستقبل کے خواب کے لیئے یہ قربانی دینے پر تیار تھی۔ یہ عزت کی قربانی نہیں تھی۔۔۔۔۔ عزت کی حفاظت تو وہ اپنی جان سے بھی بڑھ کر کرتی تھی۔ یہ تو اس سکون کی قربانی تھی، اس بے فکری کی قربانی تھی جس کے ساتھ وہ جی سکتی تھی اگر اسے اس بس میں سفر نہ کرنا پڑتا۔ مگر وہ یہاں تھی اور ہر لمحہ اس کا دل دعائیں مانگتا تھا کہ کسی کے دل میں کوئی شرارت نہ ابھر آئے۔

تو میں کسی کو بتا نہیں سکتا تھا مگر جب بھی مجھے دیر تک رکنا پڑتا تو میں سمٹا ہوا بس سٹاپ پر کھڑا ہو جاتا اور انتظار کرتا۔ بس آتی تو خاموشی سے دروازے کے سب سے قریب بیٹھ جاتا (جیسے موقع ملتے ہی بھاگ لوں گا) اور پھر چلتی بس میں میرے دھڑکتے دل کی آواز کے سوا کوئی آواز نہیں آتی۔ میں جتنی دیر تک سٹاپ پر کھڑا رہتا بڑی توجہ سے اپنے ارد گرد دیکھتا رہتا۔ کہیں کوئی مشتبہ شخص نظر آتا تو فوراً ہوشیار ہو جاتا۔ ایسے ہی بس میں داخل ہوتے ہی میں سب سے پہلے بڑی باریک بینی سے پوری بس کا جائزہ لیتا۔ کوشش کرتا کہ میرے ساتھ والی نشست پر کوئی بے ضرر سا بوڑھا بیٹھا ہوا ہو یا پھر کوئی لاتعلق کلرک۔ بہر حال کوئی بھی ہو مگر وہ خالی نہیں ہونی چاہیے۔ رات کے اس پہر خالی نشست سے خوفناک کوئی چیز نہیں ہوتی۔۔۔۔۔ خالی نشست کا مطلب ہے کہ کوئی بھی آپ کے ساتھ آکر یہاں بیٹھ سکتا ہے۔ کوئی بھی۔ تو میں اس معاملے میں ہمیشہ محتاط رہتا مگر نجانے آج کیا ہوا کہ میں جیسے اسے بالکل ہی بھول گیا۔ کہیں راستے میں توجہ ہوئی تو دیکھا کہ اس نشست پر ایک شریر سا خیال میرے ساتھ بیٹھا تھا۔ نہیں وہ پہلے کہیں نہیں تھا۔ میں نے تو اسے بس سٹاپ پر کہیں دور دور تک نہ دیکھا تھا۔ اور پہلے سے تو وہ ہرگز نہ بیٹھا تھا۔ نجانے وہ کہاں سے آورد ہوا۔ لیکن غلطی میری ہی تھی کہ میں نے اپنے ساتھ کی

نشست بھلا خالی کیوں چھوڑ دی تھی۔

تو بہر حال اب وہ میرے ساتھ تھا اور مسکرا کر مجھے دیکھ رہا تھا۔ جیسے کہہ رہا ہو کہ "چلو کچھ ہنگامہ کرتے ہیں"۔ اس کا انداز اکسانے والا تھا۔ وہ جیسے میرا تمسخر اڑا رہا تھا کہ میں کس طرح خود کو سمٹا کر، ڈرا ڈرا بیٹھا ہوں۔ میں کیسے ایک انسان سے اُس گائے میں ڈھل گیا تھا جو ہر شام کو گھاس چرنے کے بعد اپنے کھونٹے سے بندھنے کے لئے چلی آتی ہے۔۔۔۔۔۔وہ جانتی ہے کہ اس کے پاؤں سے بندھی زنجیر اسے رات بھر تنگ کرے گی۔ وہ جانتی ہے کہ زنجیر کی بدولت اس کے پاؤں میں زخم ناسور بنتے جا رہے ہیں۔ مگر پھر بھی وہ آئے گی اور گھر کی دہلیز پر کھڑے ہو کر سر ہلائے گی۔ گھنٹی کی آواز پر کوئی آئے گا اور اسے کھونٹے سے باندھ دے گا۔ وہ تمام رات اپنی قید کا ماتم کرے گی، اپنے مالک کو کوسے گی مگر اگلی شام پھر سے دروازے سے لگی کھڑی ہو گی۔ پھر سے گردن ہلائے گی۔۔۔۔۔کون جانے کہ وہ ایسا کیوں کرتی ہے۔ کیا ماتم کی لذت اُسے یہاں کھینچ لاتی ہے یا پھر وہ بے لذت چارہ جو ابھی کھرلی میں انڈیل دیا جائے گا۔ کون جانے؟

اور میں ہمیشہ سے ایسا تو نہیں تھا۔ ایک وقت تھا جب مجھے بستر پر سلانے کے لئے میری ماں کو سو سو جتن کرنے پڑتے اور آج جب مجھے روکنے والا کوئی نہیں تھا تو میں دفتر سے آتے ہی بستر پر گر جاتا۔ کھانا بھی بستر پر ہی کھاتا اور پھر وہیں لیٹ جاتا۔ کچھ دیر تک تو میرے کانوں میں بھن بھن کرتی آوازیں آتیں جن میں بیوی کسی بچے پر چلا رہی ہوتی یا پھر دو بچے آپس میں لڑ رہے ہوتے اور پھر میں ایک بے رنگ سی نیند میں چلا جاتا۔۔۔۔۔۔ نیند جس میں کوئی خواب نہیں ہوتے۔ نیند جس میں سکون کا شائبہ تلک نہیں ہوتا۔ نیند جو بس ایک شکست کی طرح جسم پر آوارد ہوتی اور صبح (اگر اسے صبح کہا جا سکے) کو کوئی جذبہ مجھے نہیں اٹھاتا تھا بلکہ ایک اکتاہٹ جو بہت دیر تک نیند کے پہلو میں

رہنے کی وجہ سے مجھ پر چھا جاتی اور مجھے گھسیٹتی ہوئی دفتر لے جاتی۔

میں نے یہ زندگی اپنے لیئے خود نہیں چنی تھی۔ اور میں اس زندگی کو جینے میں اکیلا بھی نہیں تھا۔ مجھ جیسے بہت سے تھے ....وہ جو میرے ساتھ بس میں سفر کرتے تھے۔ جن کے ہوتے ہوئے میں سفر میں خوفزدہ نہیں ہوتا تھا۔ وہ جو سارا دن میرے ساتھ دفتر میں بھرے رہتے۔ مجھ جیسے بہت سے تھے۔ مگر یہ تو کوئی جواز نہ ہوا۔ اگر مجھ جیسے بہت سے تھے، اگر ان جیسوں سے دوری پر میرا سانس گھٹنے لگتا تھا مگر پھر بھی یہ کوئی جواز تو نہ ہوا ایسے جینے کا۔ مگر میں جواز سے بہت آگے نکل چکا تھا یا پھر جواز سے بہت پیچھے رہ گیا تھا۔۔۔۔۔۔ میں بس کہیں اور تھا اور ساری منطق، ساری امید، سارے خواب کسی اور جگہ تھے۔ وہ جو بچپن میں تتلیوں کی طرح میرے اردگرد اڑتے پھرتے تھے۔۔۔۔۔۔ باوجود اس کے کہ میں ان کے پر نوچ ڈالتا تھا مگر وہ مجھ سے ڈرتے نہیں تھے۔ باوجود اس کے کہ میں انہیں اپنی بوتلوں میں بند کر لیتا تھا، کتابوں کے بیچ رکھ ڈالتا تھا مگر وہ پھر بھی میرے تھے۔ اور آج جب میں ان کی قدر کرنا سیکھ گیا ہوں تو وہ مجھ سے بہت دور ہیں۔ اتنا دور کہ میں ان کے کھنکتے قہقہے بھی نہیں سن سکتا۔ اتنا دور کہ میں ان کی خوشبو کا بھی سزاوار نہیں۔

میں نے یہ زندگی خود اپنے لئے نہیں چنی تھی مگر میں خود کو ذمہ دار سمجھ کر جی بھر کر مطعون ضرور کرتا تھا۔ میں جب چاہتا اس زندگی سے نکل بھی سکتا تھا مگر کبھی اپنے معمولات سے لمحہ بھر بھی انحراف نہیں کر پاتا تھا۔۔۔۔۔۔ پر اس دن مجھے ایک بہت مختلف احساس ہوا۔ اس دن بس میں بیٹھے بیٹھے میں نے اپنے ساتھ ایک شرارتی خیال کو بیٹھے دیکھا۔ وہ کسی کھلنڈرے بچے کی طرح مجھے اکسا رہا تھا کہ میں چلوں اور اس کے ساتھ دور کھیتوں سے خربوزے توڑ کر لاؤں۔ کہ میں خوامخواہ میں کسی گھر کی گھنٹی بجاؤں اور

بھاگ لوں۔ اس کی ضد لایعنی تھی۔ کوئی وجہ نہیں تھی کہ میں اس کی بات سنتا۔ مجھے بس بیس منٹ تک خاموش ہو کر سامنے تکے جانا تھا اور پھر میرا اسٹاپ آ جاتا۔ سب ٹھیک ہو جتا۔ لیکن جب دو نظریں بڑی بے چینی سے آپ پر جمی ہوں تو آپ بہت سادہ سے کام (جیسے خاموشی سے بیٹھ کر اگلی سیٹ کو تکے جانا) بھی نہیں کر پاتے۔ نظریں بڑے بڑے ہیٹرز کی طرح آپ کو پگھلائے جاتی ہیں۔ میں بہت دیر تک اس کی نظروں کا سامنا نہیں کر سکا اور اور ایک سٹاپ پر بس رکی تو میں اتر گیا۔

مجھے اس شہر میں رہتے ہوئے بہت دیر ہو گئی تھی لیکن حقیقت یہی تھی کہ میں اس شہر کو بہت زیادہ نہیں جانتا تھا۔ یہ جس جگہ میں اترا تھا میرے لئے اتنی ہی اجنبی تھی جتنی کہ کوئی جگہ کسی کے لئے اجنبی ہو سکتی ہے۔ اور پھر میں نہیں جانتا تھا کہ میں یہاں کیوں اترا ہوں اور یہاں سے کہاں جاؤں گا؟ آپ رات کے اس پہر، ایسی ویران اور اجنبی جگہ پر صرف اسی صورت اتر سکتے ہو اگر آپ نتائج کے بارے میں نہیں سوچ رہے ہوتے۔۔۔۔ کسی بھی بارے میں نہیں سوچ رہے ہوتے۔ تو مجھ سے مت پوچھو کہ میں یہاں کیوں اترا تھا؟ بس میرے ساتھ دیکھو اس شہر کو جس کو میں نے کبھی نہیں دیکھا تھا۔ میں بھی تو دیکھ رہا تھا اُس دیہاتی کے سے ہونق پن سے جو پہلی بار شہر میں آیا ہو۔

میں جہاں اترا وہ کوئی مصروف سٹاپ ہر گز نہیں تھا۔ دور تک پھیلی ایک سنسان سڑک تھی اور سڑک کے دونوں طرف زندگی سے خالی گھر تھے۔ گھر جن سے روشنی کی کرنیں بھی بڑی کفائیت شعاری سے سڑک پر پڑتی تھیں۔ میں جانتا تھا کہ میں غلطی کر چکا ہوں۔ ایسی جگہ پر رات کو گھومنا مجھے خاصی مشکل میں ڈال سکتا تھا۔ کوئی بھی سائیکل پر سیٹیاں بجاتا چوکیدار یا پولیس کی خالی گاڑی مجھے دیکھ کر ضرور ہی رک جاتے اور اگر کہیں وہ پوچھ ڈالتے کہ میں یہاں کیوں ہوں تو میرا کوئی جواب بھی انہیں مطمئن نہ کر پاتا۔ میں

آخر کہہ بھی کیا سکتا تھا؟ کہ میں فلاں سرکاری محکمے میں کام کرتا ہوں، فلاں محلے میں رہتا ہوں۔ وہ میری طرف ایسے دیکھتے جیسے میں کوئی پاگل ہوں۔ اس سے کیا فرق پڑتا تھا کہ میں کون ہوں۔ سوال یہ تھا کہ میں یہاں کیوں ہوں اور میرے پاس اس بات کا کوئی جواب نہیں تھا۔ اور اگر تھا بھی تو میں اسے کسی کو سمجھا نہیں سکتا تھا۔ تو مجھے سنبھل کر چلنا ہو گا۔ اگر کسی پولیس کی گاڑی کو دیکھ کر مجھے سڑک کے ساتھ بنے کسی گڑھے میں بھی بیٹھ جانا پڑے تو شاید میں یہ کر گذروں گا۔ ایسا اس لئے نہیں کہ میرے دل میں کچھ چور تھا۔ بس کچھ یوں تھا کہ شاید پولیس کے ساتھ ہونے والی وہ ایک لمبی بیکار گفتگو کا تصور ہی مجھے گھبرائے دیتا تھا۔ میرا وقت تو خیر بالکل بھی قیمتی نہیں تھا مگر وہ خوامخواہ ہی میرے لئے اپنا وقت برباد کرتے۔ تو انہیں اس مشکل سے بچانے کے لئے میں گڑھے تک میں اترنے کے لئے تیار تھا۔

میں خود کو سمٹائے ہوئے چل رہا تھا اور میرے کان ادھر ادھر سے اٹھنے والی آوازوں پر لگے تھے۔ پر آوازیں وہاں تھیں ہی کہاں؟ ان گھروں میں اگر کوئی رہتا بھی تھا تو وہ لوگ سو چکے تھے۔ یا پھر دن بھر کی اکتاہٹ کا بوجھ انہیں سانس لینے کے سوا کسی بھی دوسرے کام سے روکتا تھا۔ ایک عجیب سا احساس میرے اندر دوڑنے لگا۔ مجھے لگا جیسے میں ان بڑی بڑی دیواروں کے پرے دیکھ سکتا تھا۔ ہر گھر کے اندر، مختلف کمروں میں سفید چادریں اوڑھے لوگ لیٹے تھے۔ اتنے ساکت کہ زندگی بھی گھبرا کے ان سے تھوڑی دور کھڑی تھی۔ مجھے اس خاموشی سے ڈر لگنے لگا۔ ایک سنسان سڑک، سڑک پر دونوں طرف پھیلے تاحدِ نظر گھر اور ہر گھر میں پڑی وہ زندہ لاشیں۔ میں وہاں سے بھاگ جانا چاہتا تھا۔ اور میں یقیناً بھاگ جاتا مگر ایک خوف نے میرے قدموں کو جکڑ لیا۔ اگر میں گھر واپس گیا تو تھوڑی ہی دیر میں میں بھی سفید چادر اوڑھ کر ان لوگوں کی طرح لیٹا ہوں

گا۔۔۔۔ کتنی آسانی سے میں ایک جیتے جاگتے انسان سے زندہ لاش میں ڈھل جاؤں گا۔
نہیں میں گھر نہیں جا سکتا تھا۔

اتنے میں ایک بالکونی پر کھڑی ایک لڑکی نے بے خواب نظروں سے میری طرف دیکھا۔ اس کی نگاہوں میں ایک التجا تھی۔ جیسے وہ کوئی شہزادی تھی جسے کسی دیو نے کسی اونچے مینار پر قید کر رکھا تھا۔ اس پہلی نظر میں ہم نے بہت سی باتیں کر لیں۔ میں نے اسے بتا دیا کہ میں شہزادی کے دکھ کو سمجھ گیا ہوں۔ میں اچھی طرح جانتا ہوں کہ اسے کیا چاہیے اور یہ بھی کہ میں اس کا شہزادہ نہیں ہوں۔ میں اپنی پوری زندگی میں کبھی وہ شہزادہ بن ہی نہیں سکا۔ میں تو ایک چیونٹی ہوں جو صبح گھر سے رزق کی تلاش میں نکلتی ہے اور شام کو بل کی گرم دیواروں سے لپٹ کر سو جاتی ہے۔ میں کسی کے لئے کچھ نہیں کر سکتا۔
وہ خاموش رہی مگر اب اس کی آنکھوں میں ایک بہت بڑی حقارت اتر آئی تھی۔ جیسے کہتی ہو کہ ”ایک چیونٹی کو یہ اذن کس نے دیا کہ وہ میری امیدوں سے کھیل سکے۔ تم اگر ایک چیونٹی ہی تھے (اور یقیناً ہو بھی۔۔۔ بلکہ اس سے بھی قابل رحم کوئی مخلوق ہو) تو تمہیں کوئی حق نہیں پہنچتا کہ تم شہزادوں کے راستوں پر چلو۔ ہاتھیوں کے راستے پر چلنے والے چوہے کچلے جاتے ہیں یا پھر گوبر میں لتھڑے گھر کو لوٹتے ہیں۔۔۔۔۔ دور ہو جاؤ میری نظروں سے اے حقیر چیونٹی کہ یہ راستہ تمہارا نہیں۔“

میں احتجاج کرنا چاہتا ہے۔ چیخ چیخ کر اس سے کہنا چاہتا تھا کہ ”تم صحیح ہو۔ شاید میں ایک چیونٹی ہو ہوں۔ ہاں میں اتنا ہی بے حقیقت ہوں کہ کسی کی امید تلک نہیں بن سکتا۔۔۔۔ مگر یہ تو میں ہوں۔ مگر یہ عرفانِ ذات تو برسوں اپنے ساتھ رہنے کے بعد آج مجھے ہوا ہے۔ تم کون ہوتی ہو مجھے مجھ سے زیادہ بہتر سمجھنے والی۔۔۔۔۔ نہیں تم دنیا ہو۔ تمہیں تو مجھ سے امید لگانی چاہیے۔ تم تو سمجھ سکتی ہو نہ کہ انسان اپنے اندر بہت طاقت رکھتا

ہے وہ کچھ بھی کر سکتا ہے۔ اگر برسوں کی بے حسی کے بعد میں اپنے آپ سے مایوس ہو گیا ہو تو مجھے حق ہے مگر تمہیں کوئی حق نہیں پہنچتا کہ تم یوں میری تضحیک کر سکو۔ کہ ایک انسان کبھی بھی بدل سکتا ہے۔ میں چاہتا ہوں کہ تمہیں ان سب بڑے لوگوں کے قصے کھول کھول کر سنا دوں جو ایک ساعتِ تغیر سے پہلے محض چیونٹیاں ہی تھے۔ تمہیں کیا خبر کہ میں تمہاری مدد کیوں نہیں کر رہا؟ کیا خبر میں بہت مصروف ہوں۔۔۔۔۔ کوئی ڈاکٹر ہوں جو کسی مریض کی جان بچانے کو جاتا ہو۔ جس کا ایک ایک لمحہ قیمتی ہو۔ کوئی بہت بڑا بزنس مین ہوں جس کے ایک فیصلے کے انتظار میں دفتر کے لوگ انتظار کر رہے ہوں۔ میں کوئی بھی ہو سکتا ہوں۔ تمہیں کوئی حق نہیں پہنچتا کہ تم یوں مجھے بے حقیقت جانو۔"

میں نے کچھ کہا نہیں مگر شاید اس لمحے میں کچھ کہنے کی ضرورت بھی نہیں تھی۔ اس نے گردن پھیر لی اور خالی سڑک کو دیکھنے لگی۔ اس کے نزدیک ایک خالی سڑک میرے وجود سے زیادہ دلچسپ تھی۔ مگر وہ بھول کر رہی تھی۔ ایک انسان خواہ تیس سال تک چیونٹی کیوں نہ رہے وہ کسی بھی لمحے میں انسان بن سکتا ہے۔ اور مجھے کہنے دیں کہ وہ ایک ساعت ہوتی ہے جس میں ہم اپنے جسموں سے چیونٹیوں کا خول اتار پھینکتے ہیں اور پھر سے زندگی جینے لگتے ہیں۔ وہ ایک لمحہ کیسے آتا ہے، کب آتا ہے، اسے کون لاتا ہے۔۔۔۔۔۔۔ یہ کوئی نہیں جانتا مگر انسان سے مایوس ہونا کفر ہے۔ اور میں آج یہ بات ثابت کر کر رہوں گا۔ میں نے قدم آگے بڑھائے اور اس گھر کی گھنٹی بجا دی۔ گھنٹی کی آواز پر وہ لڑکی چونک پڑی۔ اس نے نظر بھر کر مجھے دیکھا۔

"یہ شخص کیا کر رہا ہے؟ کیا چاہتا ہے؟" اس نے سوچا۔

اور ایک بہت بڑی مسکراہٹ میرے جسم میں رقص کرنے لگی۔ ایک ہی جھٹکے میں میں چیونٹی سے شخص میں ڈھل گیا تھا۔ ہمیں بس اتنی ہی کوشش چاہیے ہوتی ہے خود کو

انسانوں میں شامل کرنے کے لئے اور ہم زندگی بھر اتنی کوشش بھی نہیں کر پاتے۔

مجھے دور سے قدموں کی آواز آرہی تھی۔ کوئی دروازہ کھولنے کو آرہا تھا۔ وہ جو کوئی بھی تھا مجھ سے سوال کرنے والا تھا۔ اور سوال جو بھی کیا جاتا میرے پاس اس کا کوئی جواب نہیں تھا۔

''تو پھر کیا کیا جائے؟''

''کیا بھاگ نکلوں؟ میں ایک چیونٹی سے انسان تو بن ہی گیا تھا۔ ایک رات کے لئے اتنا ایڈوینچر کافی تھا۔''

میں یقیناً بھاگ جاتا مگر اس لڑکی کی نگاہیں مجھ پر جمی تھیں۔ اور ان نظروں میں اتنے بڑے سوالات اتنی گہری امیدیں تھیں کہ میں بھاگ نہیں پایا۔ دروازہ پچاس سال کے ایک ادھیڑ عمر شخص نے کھولا۔ وہ ایک سفید پوش شخص تھا اور جیسا کہ کسی سفید پوش شخص کا ردِ عمل ہو سکتا تھا وہ مجھے ڈری ہوئی نظروں سے دیکھ رہا تھا۔ یہ آج کی بات نہیں تھی میں قسم اٹھانے کو تیار ہوں کہ اس کی ساری زندگی ہی ایسے ڈرتے ہوئے گذری تھی۔ آپ کو اس شخص کی کیفیت سمجھنی ہے تو کبھی نئے سفید کپڑے پہن کر کسی کیچڑ بھری گلی میں گذر جائیں۔ صرف تب ہی آپ اس شخص کی حالت کو صحیح سمجھ سکیں گے۔ گلی میں پھڑ پھڑاتی مرغیوں سے لے کر سکول جاتے بچوں سے آپ کو ڈر لگے گا۔ آپ ہر ایک سے بچ بچ کر چلو گے۔ قدم بھی ایسے رکھو گے کہ زمین پر بوجھ نہ پڑے اور پھر نجانے کہاں سے ایک کار تیزی سے آئے گی اور آپ کے سارے کپڑوں کو داغدار کر کر چلی جائے گی۔ تب۔۔۔۔۔ صرف تب آپ سوچو گے کہ ساری احتیاط تو بیکار میں ہی تھی۔ اس کار سے تو آپ بچ سکتے نہیں تھے اور اگر یہ کار نہیں آتی تو چاہے آپ تھوڑی بے احتیاطی سے بھی چل رہے ہوتے تو بھلا کتنا برا ہو جاتا۔ اصل قصور آپ کی بے احتیاطی کا نہیں بلکہ اس

حقیقت کا ہے کہ وہ تیز رفتار کار وہاں سے آپ کے ہوتے گذرے گی یا نہیں۔ کار جس پر آپ کا کوئی کنٹرول نہیں ہے۔ مگر ہم یہ بات نہیں سمجھتے اور ڈرے ہوئے رہتے ہیں۔ تو وہ بھی ڈری ڈری نظروں سے مجھے دیکھ رہا تھا۔ نجانے مجھ ایسے اجنبی کے روپ میں تقدیر نے کیسا طوفان اس کے دروازے پر بھیجا تھا؟

ایک دفعہ تو مجھے لگا کہ بہت ہو چکا اس سے معذرت کر کر واپس ہو لیتا ہوں۔ کیوں خوامخواہ اس شریف انسان کو تکلیف دوں مگر وہ لڑکی کی آنکھیں جو بالکونی سے اب بھی مجھ پر جمی تھیں۔ خدا کی قسم اگر وہ آنکھیں اور ان میں چھپی حقارت کی بات نہیں ہوتی تو میں کب کا وہاں سے رخصت ہو چکا ہوتا۔ میں جانتا تھا کہ میرا یہاں گذرنے والا ہر لمحہ مجھے آنے والوں برسوں تک تکلیف دیتا رہے گا مگر وہ آنکھیں میرے واپسی کے دروازے پر پڑا ہوا کوئی قفل تھیں جس کی چابی میں کھو چکا تھا۔ میں نے وہاں رکنے کا فیصلہ نہیں کیا مگر میرے قدم اس زمین پر ایسے جمے تھے کہ دو صحت مند جوان کھینچ کر بھی مجھے وہاں سے ہٹا نہیں سکتے تھے۔

اس شخص کی نظریں مجھ پر جمی تھیں۔ وہ نظریں مجھ سے تقاضا کر رہی تھیں کہ میں کچھ کہوں کہ میں یہاں کیوں ہوں؟ تو مجھے کچھ کہنا ہی تھا اور میں نے کہہ ڈالا

"مجھے آپ کی بیٹی سے محبت ہے۔"

میں نے یہ کیوں کہا؟ میں تو اسے جانتا بھی نہیں تھا۔ پھر میں اپنے اس چھوٹے سے جملے سے اس شخص کو کتنی تکلیف دینے والا تھا، اس پر سکون سے گھر میں کتنے طوفان اٹھانے والا تھا۔۔۔۔۔۔ میں سب جانتا تھا مگر وہ آنکھیں جو میرے واپسی کے راستے پر لگی تھیں۔ اس شخص کے چہرے کا رنگ بدل گیا۔ اب وہ واقعی خوفزدہ تھا۔ اتنا خوفزدہ کہ وہ غصے میں آ گیا۔ مجھے لگا جیسے ڈر کے مارے کہیں وہ مجھ پر حملہ ہی نہ کر دے مگر پھر اس نے

خود کو سنبھال لیا۔ اس نے مجھے اندر آنے کا اشارہ کیا۔ ڈرائینگ روم میں ہلکی آواز میں ٹی وی چل رہا تھا۔ ایک بوڑھی عورت جو غالباً اس کی ماں تھی کرسی پر بیٹھی تھی۔ دو چھوٹے لڑکے صوفے پر لیٹے ٹی وی دیکھ رہے تھے اور ایک عورت ہاتھ میں چائے کی ٹرے پکڑے کھڑی تھی۔ آدمی نے مجھے بیٹھنے کا اشارہ کیا اور دونوں لڑکوں کو کمرے سے نکل جانے کا کہا۔ اس نے ٹی وی بند کر دیا اور پوچھا

"تم کیا چاہتے ہو؟"

میرے پاس اس سوال کا کوئی جواب نہیں تھا۔ معلوم نہیں میں نے محبت کی بات کی بھی کیوں تھی؟ شاید میرے پاس محبت سے لایعنی کیوں استعارہ تھا بھی نہیں۔ میرا خیال تھا کہ اس کے بعد مجھ سے کوئی سوال نہیں پوچھا جائے گا۔ پتہ نہیں میں نے تب کیا سوچا تھا؟ میرے محبت محبت پکارنے کے بعد بھی مجھ سے اگلا سوال پوچھا جا رہا تھا۔ کیسا غار تھا جو "کھل جا سم سم" سے کھلتا نہیں تھا۔ میں اسے کیا بتاتا؟ یہی کہ میں بس ایک لمحے کے لئے محسوس کرنا چاہتا تھا کہ میں بھی انسان ہوں (کیا میرا اتنا حق بھی نہیں تھا؟)۔ اور میں وہ لمحہ گذار بھی چکا تھا۔ وہ بس اگر مجھے یہی کہہ دیتا کہ "ٹھیک ہے جناب اب آپ جا سکتے ہیں" تو گفتگو کے اعتبار سے انتہائی مہمل ہونے کے باوجود میں سر جھکا کر اسے سلام کرتا اور وہاں سے رخصت ہو جاتا۔ یقین کریں کہ میں وہاں تھا تو صرف اس لئے کہ مجھے لگ رہا تھا جیسے اب واپسی کا کوئی دروازہ میرے لئے کھلا نہیں ہے۔

"یہ آپ بہتر ہو گا کہ اپنی بیٹی سے ہی پوچھ لیں" میں نے اس کا سوال اسی کو لوٹا دیا۔ آخر مجھے کوئی جواب تو دینا ہی تھا۔

کرسی پر بیٹھی بوڑھی دادی کی آنکھوں میں آنسو بھر آئے۔ وہ جانتی تھی کہ اس کے بیٹے کی عمر بھر کی متاع ضائع ہو گئی۔ ماں نے چائے کی ٹرے ایک میز پر رکھ دی کہ مبادا

اسے ہاتھ سے گرا ہی نہ بیٹھے۔

"وہ شیشے کی دیواروں میں جڑی ہے۔ ہم اسے دیکھ سکتے ہیں مگر ہماری کوئی صدا اس تک نہیں پہنچ سکتی۔ ہم ہر ممکن کوشش کر بیٹھے ہیں۔ کیا ایسا نہیں ہو سکتا کہ تم ہی کچھ اس بوڑھے انسان کی عزت کا خیال کرو اور یہاں سے چلے جاؤ۔ اس کا خیال چھوڑ دو۔" اس نے لجاجت سے کہا۔

مجھے وہاں سے بھاگنے کا اس سے اچھا موقع نہیں مل سکتا تھا لیکن میں وہیں بیٹھا رہا۔ مجھے اب کھیلنے میں مزا آرہا تھا۔

"میں کہاں جا سکتا ہوں؟"

"کہیں بھی۔۔۔۔۔۔ کہیں بھی چلے جاؤ۔ وہ بچی ہے۔ نہیں جانتی کہ وہ آگ سے کھیل رہی ہے۔"

میرے چہرے پر ایک نخوت بھری فاتحانہ مسکراہٹ ابھر آئی۔ عورت نے دونوں ہاتھ جوڑ کر میری طرف دیکھا۔ وہ کچھ بولی نہیں مگر اس کے انداز میں کچھ ایسا تھا کہ میں بہت خوفزدہ ہو گیا۔ جیسے کھیلتے کھیلتے کوئی بچہ گھر میں آگ لگا دے یا شارٹ سرکٹ کر بیٹھے۔ "میں اس سے بات کرنا چاہوں گا۔"

عورت نے بے بسی سے اپنے شوہر کی طرف دیکھا اور اسے خاموش پا کر مجھے اپنے پیچھے آنے کا اشارہ کیا۔ وہ مجھے لڑکی کے کمرے تک لے گئی۔

"وہ اندر ہی ہے۔" یہ کہ کر وہ واپس چلی گئی۔ میں اندر داخل ہوا اور وہ سامنے دیوار سے لگی کھڑی تھی اور خوفزدہ نظروں سے مجھے دیکھتی تھی۔ مجھے لگا کہ میں جس تیزی سے چیونٹی سے انسان میں ڈھلا تھا اسی تیزی سے انسان سے کسی عفریت میں ڈھلتا جا رہا ہوں۔

اس سے پہلے کہ میں اس نئی جون سے واپس نہ آپاؤں مجھے چلے جانا چاہیے۔

"تم کون ہو؟ یہاں کیوں آئے ہو؟" اس نے پوچھا

"میں نے تمہارے باپ سے کہا کہ مجھے تم سے محبت ہے اور انہوں نے یقین کر لیا۔ وہ چاہتے ہیں کہ میں ان کی عزت کی خاطر تمہارا خیال چھوڑ دوں اور تمہیں بھی سمجھاؤں۔ اسی لئے تمہاری ماں خود مجھے یہاں چھوڑ کر گئی ہیں۔"

اس کی آنکھوں میں عجیب وحشت اتر آئی

"تم نے ایسا کیوں کہا؟ میں تو تمہیں جانتی بھی نہیں۔"

"کوئی فرق نہیں پڑتا کہ تم مجھے نہیں جانتی۔ میں بھی تمہیں نہیں جانتا مگر میں یہاں اس کمرے میں تمہیں صرف ایک بات بتانے کے لئے آیا ہوں کہ وہ جسے تم جانتی ہو۔۔۔۔۔۔۔ جو تم سے محبت کا دعوی کرتا ہے اسے صرف یہاں آکر ایک اقرار کرنا تھا۔ ایک اقرار جس سے بچنے کے لئے وہ تمہیں روز نئی کہانیاں سناتا ہے۔ جو شخص تمہارے دروازے پر آکر بس یہ نہیں کہہ سکتا کہ اسے تم سے محبت ہے کیا وہ اس قابل ہے کہ تم اس کے لئے اپنا گھر، اپنی زندگی یوں چھوڑ دو؟"

"تمہیں یہ سب کیسے پتہ ہے؟" اس نے پوچھا

"جیسے تم نے میرے اندر چھپی چیونٹی کو دیکھ لیا تھا۔ بیوقوف لڑکی! ہم سب شیشے سے بنے ہیں۔ ایک دوسرے کے سامنے برہنہ۔ پھر بھی ہم کتنے التزام سے خود کو مہنگے مہنگے ملبوسات میں چھپائے پھرتے ہیں۔ اور برہنہ جسم ایسے ملبوسات کے بعد اور بھی برہنہ ہو جاتے ہیں۔"

"پر وہ کہتا ہے کہ وہ مجھ سے محبت کرتا ہے"۔

"وہ تو میں نے بھی کہہ دیا اور تمہارے گھر والوں کے سامنے کہہ دیا۔ اس سے کیا فرق پڑتا ہے۔ اس سے کہو اپنی محبت کو آزمائش میں نہیں ڈالتے۔ لڑکیوں کو سنسان بالکونیوں

میں انتظار کرواکر گرم بستروں میں سونے والے محبت کا مطلب نہیں جانتے۔"

یخ بستہ لڑکی پگھلنے لگی۔ میں ایک لمحہ بھی اور وہاں ٹھہرتا تو وہ ایک نئی شکل میں بدل جاتی۔ میرے محبت کے سانچے میں ڈھل جاتی۔ پر پھر میں بھی شاید ہمیشہ کے لئے ایک عفریت ہی رہ جاتا۔ ایک چیونٹی لاکھ بے حقیقت سہی پر وہ ایک عفریت سے تو بہتر ہے۔

میں باہر نکل آیا۔ نیچے ڈرائینگ روم میں وہ تینوں میری طرف بڑی پر امید نظروں سے دیکھ رہے تھے۔ میں نے انہیں تسلی بھری نظروں سے دیکھا، محبت بھری آواز میں خدا حافظ کہا اور گھر سے نکل آیا۔

میں تقریباً بھاگتا ہوا بس سٹاپ کی طرف جا رہا تھا۔ وقت بہت کم تھا۔ مجھے لگتا تھا کہ اگر ذرا بھی دیر ہو گئی تو شاید میں کبھی بھی وہ چیونٹی نہیں بن پاؤں گا جو میں تھا۔ انسان کی جون میرے جسم پر بالکل بھی نہیں جچ رہی تھی۔ تو مجھے بھاگنا ہے اور دیر ہونے سے بہت پہلے گھر پہنچ جانا ہے۔ اتنی پہلے کہ او نگھتی ہوئی بیوی اس کے سوا کچھ اور نہ کہہ سکے

"آج تھوڑی دیر ہو گئی آپ کو؟"

اور اس سوال کا جواب تو میں کئی بار دے چکا تھا

"بس آج دفتر میں تھوڑا کام زیادہ تھا۔"

☆☆☆

ایک لڑکی جو سورج مکھی نہیں تھی

اس عورت کی کہانی لکھنا آسان نہیں ہے جو سورج مکھی نہیں تھی۔ یا شاید کہانی صرف اسی عورت کی لکھی جا سکتی ہے جو سورج مکھی نہ ہو۔ باقی عورتیں تو کہانیوں میں بس ویسے ہی در آتی ہیں۔۔۔۔۔ بلا ضرورت صرف گلمیر کو بڑھانے کے لئے۔۔۔۔۔۔ جیسے ہندوستان میں ایکشن فلموں کی ہیروئینز ہوتی ہیں۔ کہانی میں ان کا کوئی کردار نہیں ہوتا۔ وہ تو بس وہاں ہوتی ہیں ہیرو کو دلاسہ دینے کے لئے، ہیرو کو غصہ دلانے کے لئے، ہیرو کو محنت پر مجبور کرنے کے لئے، ہیرو کو انتقام پر اکسانے کے لئے، ہیرو کے گرد اچھل اچھل کر گانا گانے کے لئے۔

مگر عورت صرف سورج مکھی نہیں ہوتی۔ یہ ایک ایسی ہی عورت کی کہانی ہے۔ جو مچھیروں کی بستی میں رہتی تھی۔ جس کے دو بیٹے اور ایک چوڑے شانوں والا کم گو سا شوہر تھا۔ جو ایک کانوں سے بنی جھونپڑی میں رہتی تھی۔ یہ سب سچ تھا۔۔۔۔۔۔۔۔ وہ انہی سب چیزوں کے بیچ تھی مگر وہ ان چیزوں سے define نہیں کی جا سکتی تھی۔ اسے ان چیزوں کی مدد سے سمجھا نہیں جا سکتا تھا۔ اگر اسے جاننا ہو تو ہمیں اس کے قریب ہونا پڑے گا۔ اور کسی کے قریب ہونا ہمیشہ risky ہوتا ہے۔ مجھے کہنے دیں کہ ہم سب اپنے اندر ایک ایسا black hole چھپائے پھرتے ہیں۔ ہر بلیک ہول کی طرح اس کا بھی ایک event horizon ہوتا ہے۔ اس ایک نکتہ سے آگے اگر کوئی وجود چلا جائے تو پھر واپس نہیں آ سکتا۔۔۔۔ کبھی نہیں آ سکتا۔ لیکن کبھی کبھار آپ کو یہ خطرہ مول لینا پڑتا ہے

کیونکہ کچھ عورتیں ایسی ہوتی ہیں جنہیں آپ بس سمجھے بنا رہ نہیں سکتے۔

تو وہ مچھیروں کی بستی میں رہتی تھی اور اپنے شوہر اور بچوں سے محبت کرتی تھی۔ وہ ایک سلیقہ مند عورت تھی۔ وہ ہمیشہ اپنے شوہر سے پہلے اٹھ بیٹھتی۔ چائے کو پانی گرم کرتی۔ اسی دوران اس کا شوہر اپنا جال اٹھا لیتا اور اس کے الجھے ہوئے گچھے کھولنے کی کوشش کرتا۔ وہ بڑے بیٹے کو اٹھا کر اس کا منہ ہاتھ دھلاتی، اس کے گھنگریالے بالوں میں کنگھی کرتی جس پر اس کی چیخ نکل جاتی ”اتنے اندھیرے میں کون دیکھے گا اس کے بالوں کو۔۔۔۔۔۔ ایسے ہی جانے دے۔“ اس کا باپ اس کی طرف داری کرتا۔ مگر وہ کسی کی نہیں سنتی اور بال بنا کر رہتی۔ وہ دونوں اس کے پاس بیٹھ کر ناشتہ کرتے جبکہ چھوٹا بیٹا وہیں سویا رہتا۔ ناشتے کے بعد وہ دونوں باہر چلے جاتے۔ ان کے جانے کے بعد اس کے کام شروع ہوتے۔ وہ جانوروں کے لئے چارہ تیار کرتی، ان کا باڑا صاف کرتی، چھوٹے بیٹے کو اٹھاتی اسے کھانا کھلاتی، کپڑے دھوتی کھانا پکاتی اور ایسے ہی کاموں میں اس کا سارا دن گذر جاتا یہاں تک کہ دوپہر کو اس کا شوہر اور بیٹا بھی آجاتے۔ وہ لوگ سہ پہر کو سوتے۔ شام کو دریا کنارے بیٹھ کر باتیں کرتے اور یوں ان کے دن گذر رہے تھے۔

گو اس زندگی میں بہت گلیمر تو نہیں تھا مگر ایک عجیب سا توازن ضرور تھا۔ وہ ایک چھوٹے سے گھر میں رہتے تھے۔ کوئی فرق نہیں پڑتا تھا اگر وہ کوئی کام نہ بھی کرتی مگر وہ پھر بھی روز کے کام روز ہی کیا کرتی تھی۔ اسے لگتا تھا جیسے ایک چیز کو بھی چھوڑ دیا تو جیسے کوئی بہت اہم چیز رہ جائے گی۔ جیسے پوری زندگی کا مقصد فوت ہو جائے گا۔۔۔۔۔ لیکن اس سب کے باوجود اس کے دل میں ایک کسک سی تھی۔ وہ جب شام کو دریا کنارے بیٹھ کر شہر کی روشنیاں دیکھتی تو اس کے دل میں ایک ہوک سی اٹھتی۔ اس نے بچپن میں ایک دفعہ شہر کے بچے دیکھے تھے جو ایک کشتی میں بیٹھے دریا کی سیر کر رہے تھے۔ وہ تب کنار

ے پر کھڑی ایک چھڑی سے چھوٹی مچھلیوں کو پکڑنے کی کوشش کر رہی تھی۔ مچھلیاں جو چھڑی کو دیکھتے ہی ادھر ادھر ہو جاتی تھیں۔ ایسے میں سکول کے یونیفارم میں ایک صاف ستھری بچی نے اس کی طرف دیکھا اور اپنے دوستوں کی توجہ اس کی طرف دلائی

''وہ دیکھو ایک گندی بچی پانی سے کھیل رہی ہے۔''

''اس کے بال تو دیکھو ایسے لگتا ہے جیسے جھاڑیاں اگی ہوں۔'' ایک دوسری بچی بولی۔۔۔۔۔ اور پھر آوازیں ابھرتی رہیں۔ ریشماں کا بس نہیں چل رہا تھا کہ وہ وہیں کنارے پر ہلکورے مارتے پانی میں گم ہو جائے۔ انہی مچھلیوں کی طرح مٹی میں دبک کر بیٹھ جائے۔ بچے بولتے رہے پر اس نے سر نہیں اٹھایا اور اسی توجہ سے چھڑی کو پانی میں مارتی رہی۔ آوازیں بڑھنے لگیں۔ آوازیں قریب آتی گئیں یہاں تک کہ اس نے سنا کہ کوئی کہہ رہا تھا ''شاید بچی گونگی ہے تبھی تو ہماری آوازی سن نہیں پا رہی ہے۔''

''اوہ گونگی بچی'' کسی سمجھدار بچی نے آواز لگائی۔ ایک دفعہ تو اس کے دل میں آئی کہ وہ ان بچوں کے سامنے گونگی ہی بن جائے۔ ہاں یہی ان کے لئے ایک بہتر جواب ہو سکتا تھا۔ وہ یہی ظاہر کرے گی کہ اس نے کچھ سنا ہی نہیں اور اپنے کام میں مصروف رہے گی۔ پر ہم شیشے کے بنے ہوتے ہیں۔ اس کے ساتھ بھی ایسا ہی ہوا۔

''گونگی نہیں یہ میسنی ہے۔ سب سن رہی ہے''۔ ایک اور آواز آئی۔ اور سب بچے کورس کی صورت اسے آوازیں دینے لگے

''میسنی لڑکی۔۔۔۔ میسنی گونگی لڑکی۔۔۔۔۔ گونگی لڑکی'' اور پھر آوازیں کہیں گم ہو گئیں پر اس میں سر اوپر اٹھانے کی ہمت نہیں ہو رہی تھی۔ وہ وہیں کھڑی رہی یہاں تک کہ شام کو اس کی ماں اسے آ کر لے گئی۔ اس دن اس کے دل میں بہت سارے سوالات تھے مگر وہ جانتی تھی کہ اس بستی میں اسے ان کے جوابات کبھی نہیں ملیں گے۔

کوئی نہیں دے گا۔ یہ بستی شہر سے جتنی قریب نظر آتی تھی اتنی ہی دور تھی۔ یہاں سے بہت کم لوگ تھے جو شہر جاتے تھے اور وہ بھی محض مچھلی بیچنے اور ضرورت کی چیزیں خریدنے جاتے تھے اور یہاں کی کوئی عورت تو کبھی شہر گئی ہی نہ تھی۔ وہ پوچھتی تو کس سے۔ خاموشی سے اپنے کونے میں لیٹ کر جھونپڑی کی چھت کو دیکھتی رہی جس میں ایک چھوٹا سا سوراخ تھا جس سے آسمان کا ایک ستارا نظر آتا تھا۔

"مجھے بھی بس اتنا ہی چاہیے۔ بس اتنا سا آسمان ہی چاہیے جس سے بس ایک ستارا نظر آسکے۔ میں شہر کے بارے میں جاننا چاہتی ہوں"

وہ شہر کے بارے میں تو نہ جان سکی لیکن اس نے چند ایک فیصلے ضرور کر ڈالے۔ اس نے خود کو اتنا تبدیل تو ضرور کر لیا کہ اب کوئی اس کا مذاق نہیں اڑا سکے گا۔ وہ ہر وقت اپنے بال بنائے رکھتی، ہر وقت کسی کام میں مصروف رہتی۔ سال گزرتے گئے۔ اس نے کئی مرتبہ اپنے بابا سے شہر جانے کی فرمائش بھی کی مگر وہ ہنس کر ٹال گئے۔ وہ اسے بہت پیار کرتے تھے مگر پھر بھی شہر نہ لے جا سکے۔

پھر ایک دن مراد احمد سے اس کا بیاہ ہو گیا۔ وہ ایک خوبصورت نوجوان تھا۔ ریشماں نے بھی سوچا کہ شاید اب اسے موقع مل سکے کہ وہ کسی طرح شہر جا سکے اور دیکھ سکے کہ لوگ کس طرح زندگی گذار رہے ہیں مگر مراد احمد تو اس کے باپ سے بھی کمزور نکلا۔ وہ ہمیشہ موضوع بدل دیتا۔ اب اس کے دو بیٹے ہو چکے تھے پر اب بھی اگر کوئی اس سے اس کی سب سے بڑی خواہش پوچھتا تو وہ شہر کی سیر ہی بتاتی۔

اس نے اپنی خواہش سے سمجھوتہ کر لیا تھا۔۔۔۔۔۔۔ اور آپ ایسا کر سکتے ہو۔ آپ اپنی خواہش سے سمجھوتہ کر سکتے ہو مگر یاد رکھو کہ خواہش کبھی آپ سے سمجھوتہ نہیں کرتی۔ خواہش وہ ضدی بچی ہے جو اپنی بات منوا کر رہتی ہے۔ جو رونے سے شروع کرتی

ہے اور ماں باپ کے نہ ماننے پر چلانے لگتی ہے، گھر کی چیزیں توڑنے لگتی ہے۔۔۔۔ یہاں ٹوٹنے والی چیزیں اس کے جسم میں رکھے وہ بڑے بڑے pillars تھے جن پر اس کا جسم کھڑا تھا۔ وہ بچی ایک ایک کر کر pillars گرا رہی تھی اور اسے ڈر تھا کہ وہ کہیں اندر۔۔۔۔ اپنے ہی اندر گر کر ٹوٹ نہ جائے۔ اس کی یہ ٹوٹ پھوٹ کوئی نہیں دیکھ پا رہا تھا یا کوئی اسے دیکھنے کی کوشش نہیں کر رہا تھا۔

ہاں مگر عبدل نے اس کی یہ خواہش بھانپ لی۔ عبدل جیسے لوگ تو جیسے ایسے ہی موقع کے انتظار میں ہوتے ہیں۔ وہ جیسے کوئی گدھ تھا جو صحرا میں چلتے شخص کو دیکھ کر اس کے ساتھ اڑنے لگا تھا۔ یہ سوچ کر کہ ابھی وہ شخص گرے گا اور جب وہ گرے گا تو اس کے دانت اس کے جسم میں پیوست ہونے کو بالکل تیار ہوں گے۔ میں نہیں مانتا کہ گدھ صحراؤں میں، بیابانوں میں رہتے ہیں۔ ایسی جگہوں پر تو وہ بھوکے مارے جائیں۔ نہیں جناب۔۔۔۔۔ یہ گدھ آبادیوں کے آخری سرے پر رہتے ہیں اور جب ہم انہیں بے نیازی سے کسی خشک ہوتے ہوئے درخت کی ٹہنی پر بیٹھے دیکھتے ہیں تو کبھی سوچ بھی نہیں پاتے کہ وہ ہماری ہر حرکت پر نظر رکھے ہوئے ہیں۔ جیسے ہی ہمارے قدم ان صحراؤں، ان ویرانوں کی طرف اٹھتے ہیں ان کے خون میں ایک گرمی کی لہر دوڑ جاتی ہے اور پھر وہ آہستہ آہستہ، بہت محتاط انداز میں ہمارا تعاقب کرنے لگتے ہیں۔ وہ کبھی اپنے شکار کو panic میں مبتلا نہیں کرتے (مبادا وہ واپس ہی نہ مڑ جائے) اور بڑی شائستگی سے اس کا پیچھا کرتے ہیں۔ تو ہم انہیں کبھی دیکھ نہیں پاتے یہاں تک کہ دنوں کے سفر کے بعد ہم بھٹک جاتے ہیں اور پیاس سے ہمارے ہونٹوں پر پپڑی جمنے لگتی ہے اور آنکھوں کے سامنے سراب ناچنے لگتے ہیں اور ایسے میں ہم پہلی بار انہیں اپنے سر پر منڈلاتے دیکھتے ہیں۔ ہاں مگر اب بہت دیر ہو چکی ہوتی ہے۔ وہ چاہتے تو اب بھی ہماری آنکھوں سے

او جھل رہ سکتے تھے مگر وہ سامنے آتے ہیں تاکہ ہم اب panic ہو جائیں اور اپنے جسم میں چھپی بچی کھچی طاقت کو استعمال کر ڈالیں۔

تو ہم انہیں پہلی بار دیکھ پاتے ہیں اس وقت جب ہماری آنکھیں ٹھیک طرح سے دیکھنے کے قابل نہیں رہتیں۔ وگرنہ تو وہ شہر سے ہی ہمارے ساتھ چلے تھے۔ اگر شہر سے نکلتے ہوئے ہم تھوڑی دیر کو اپنی خواب آور آنکھوں کو بند کر سکتے تو ہم بڑی آسانی سے انہیں دیکھ سکتے تھے۔ پر ہم ایسا نہیں کرتے۔ ہم انہیں نہیں دیکھ پاتے، دیکھتے بھی ہیں تو سمجھ نہیں پاتے اور چند بیوقوف پرندے جان کر آگے چلتے رہتے ہیں۔۔۔۔۔۔ کاش کہ مسافر یہ جان سکتے کہ گدھ ہر مسافر کے ساتھ سفر نہیں کرتے۔۔۔۔۔۔۔۔۔ وہ جانتے ہیں۔ ہمارے چہروں پر لکھی موت کو پڑھ سکتے ہیں۔ جیسے تمہیں اللہ نے زندگی دیکھنے کی طاقت دی ہے اور تم چیزوں کو دیکھ کر جان لیتے ہو کہ کیسے زمین کی کوکھ میں پھینکا گندم کا دانہ تمہیں خوراک دے سکتا ہے، کیسے چیڑھ کے سینکڑوں فٹ اونچے پیڑ پر لگی کون کے اندر طاقت بخشنے والے چلغوزے رکھے ہیں۔ جیسے تم زندگی کو جان لیتے ہو ایسے ہی ان میں موت کو دیکھنے کی طاقت رکھ دی گئی ہے۔ کہتے ہیں کہ موت زندگی بھر ہمارے ساتھ ساتھ چلتی ہے۔ اس بچے کی طرح بھاگ کر جو میلے میں جاتے ہوئے باپ کے ساتھ قدم ملانے کی کوشش کرتا ہے اور اپنے چھوٹے قدموں کی وجہ سے پہنچ نہیں پاتا۔ بس چند قدم پیچھے چلتا رہتا ہے۔ پر جب میلہ آجاتا ہے تو وہ بے اختیاری میں باپ سے بھی تھوڑا آگے نکل جاتا ہے۔۔۔۔۔ تو موت بھی اس آخری لمحہ میں بے خودی کے عالم میں ہم سے کچھ آگے نکل جاتی ہے۔۔۔۔۔ یہ گدھ اسے دیکھنے کی طاقت رکھتے ہیں۔

تو ریشماں کو کچھ کہنے کی ضرورت نہیں پڑی اور عبدل نے جان لیا۔ گدھ نے پروں کے بیچ سے ایک لمبی گردن نکال کر دیکھا اور اپنے مسکن سے اڑ کر آسمان پر ماورائی

formation میں اڑنے لگا۔۔۔۔ جیسے celebrate کر رہا ہو۔ عبدل کسی نہ کسی بہانے سے ریشماں کو ملنے لگا۔ وہ اتنا بیوقوف نہیں تھا کہ اپنے شکار کو بوکھلا ڈالتا اس لئے بڑے بے ضرر سے انداز میں ملتا رہا۔ جیسے ایک مرتبہ جب ریشماں ارسلان کے ساتھ دریا کی طرف جا رہی تھی تو وہ سامنے سے آگیا اور ارسلان کو پیار کرنے لگا۔ اس نے جیب سے پلاسٹک کی ایک موٹر گاڑی نکال کر ارسلان کو دی

"میں شہر سے لایا ہوں۔۔۔۔ کھیلو گے اس سے ؟"

ارسلان نے استفہامیہ نظروں سے اپنی ماں کی طرف دیکھا

"کیوں یہ کیوں کھیلے ایسی چیز سے جو اس ملنے ہی نہیں والی؟" اس کے لہجے میں قطعیت تھی۔

"کیوں نہیں مل سکتی؟ کون کہتا ہے نہیں مل سکتی؟ میں خود کئی بار موٹر پر بیٹھ چکا ہوں۔ یہ تو ہمارے گاؤں کے لوگ یہاں سے نکلتے ہیں نہیں وگرنہ شہر کوئی آسیب نہیں ہے۔" عبدل بولا

"ہاں جیسے میں تیری بات پر یقین کر لوں گی۔ بھلا پھر تو واپس کیوں آ جاتا ہے ؟" ریشماں نے سوال کیا۔

"وہ تو اور بات ہے۔ میں کسی اور وجہ سے واپس آتا ہوں ورنہ شہر میں رہنا چاہوں تو ہمیشہ رہ لوں۔"

"اور وہ اور بات کیا ہے ؟"

"کیوں تو پوچھ کے کیا کرے گی؟"

"یہاں کوئی ہیرے جواہرات تو دھرے نہیں تو جن کی تلاش میں آتا ہے۔ مجھے تو لگتا ہے کہ تو جھوٹ بولتا ہے۔ دوسرے کنارے پر جا کر تیری بھی ٹانگیں کانپنے لگ جاتی

ہوں گی۔"

"وہ تو میں جو بھی کہہ لوں تجھے یقین نہیں آئے گا۔ سچ کیا ہے اگر جاننا ہے تو چل میرے ساتھ۔ دوسرے کنارے پر اترتے ہیں تو دیکھے گی کہ میری چال ہی بدل جائے گی۔ میری اصل جگہ وہیں ہے یہاں تو بس میں کسی اور وجہ سے آتا ہوں۔" اس نے آنکھ کا کونا دبایا۔

"ایسے نہ کیا کر لفنگا نظر آتا ہے۔" ریشماں نے چڑ کر کہا۔

"اس کا مطلب کہ اس کے بغیر میں لفنگا نظر نہیں آتا۔۔۔۔ اوہ پھر تو موجیں ہی ہو گئیں۔" وہ مسکرایا اور پھر سے آنکھ ماری۔

"چل ! راستہ چھوڑ۔۔۔۔ لفنگا لفنگا ہی رہتا ہے جو مرضی کر لے۔" ریشماں ارسلان کو لئے آگے بڑھ گئی۔ وہ راستہ چھوڑ کر پیچھے ہٹ گیا۔ ہاں مگر گذرتے ہوئے اس نے وہ گاڑی ارسلان کے ہاتھ میں تھما دی۔ ارسلان نے اپنی کسی حرکت سے ظاہر نہیں ہونے دیا کہ گاڑی اسے مل چکی ہے۔ وہ کچھ کہتا تو اس کی ماں فوراً اسے واپس کرنے کو کہہ سکتی تھی۔ وہ چپکے سے چلتا رہا اور جب اس کی ماں دریا کنارے ریت پر جا بیٹھی تو ارسلان نے گاڑی نکال کر ریت پر کھیلنا شروع کر دیا۔ کھیل کھیل میں اسے پتہ نہیں چلا کہ کب ریشماں اس کے قریب آکر اسے دیکھ رہی تھی۔ ارسلان نے بیچارگی سے کہا

"ماں مجھے گاڑی سے کھیلنا ہے"

یہ بڑی چھوٹی سی بات تھی مگر یہ چھوٹی چھوٹی باتیں ہی ہوتی ہیں جو ہم سے بڑے بڑے فیصلے کروا دیتی ہیں۔ اس وقت تو ارسلان خوش تھا مگر بعد میں اسے ہمیشہ یہ لگا کہ اس کی ماں کو اس پار دھکیلنے میں سب سے بڑا ہاتھ اسی کا تھا۔

عبدل ریشماں کا راستہ روکتا رہا۔ اس جیسے لوگ اتنی آسانی سے پیچھا نہیں چھوڑتے

اور پھر ایک دن جب ارسلان دریا کنارے کنڈی ڈالے مچھلی پکڑنے کی کوشش کر رہا تھا اس نے دیکھا کہ اس کی ماں عبدل کی کشتی میں شہر کی طرف جا رہی تھی۔ اس نے چہرہ دوپٹے میں چھپا رکھا تھا مگر ارسلان سمجھ گیا کہ وہ ریشماں ہی تھی۔ عبدل کے چہرے پر اس دن ایک فاتحانہ مسکراہٹ تھی۔

ریشماں خاموشی سے اس کشتی میں بیٹھی تھی۔ عبدل بھی کچھ نہیں بولا۔ وہ آج ضرورت سے زیادہ behave کر رہا تھا۔ وہ جانتا تھا کہ مچھلی جال میں آگئی ہے اب ذرا سی جلد بازی سے وہ باہر نکل جائے گی۔ اس لئے وہ خاموشی سے کشتی کو چلاتا ہوا کنارے سے دور لے گیا۔ ایسے میں ریشماں کی نظر دور کنارے پر کنڈی ڈالے ارسلان پر پڑی اور وقت جیسے رک سا گیا۔ وہ کہنا چاہتی تھی کہ واپس چلو پر جانتی تھی کہ اس کے کہنے پر بھی اب کشتی واپس نہیں جا سکے گی۔ اس کے سامنے اب دو راستے تھے۔۔۔۔۔ شہر یا دریا کی گود۔۔۔۔۔۔۔۔ اور یہ فیصلہ اتنا آسان نہیں تھا اس لئے وہ خاموش بیٹھی رہی۔ ارسلان سے پرے سرکنڈوں میں غل مچاتے سوروں کے ریوڑ کو دیکھتی رہی اور کشتی دریا کے دوسرے کنارے اتر آئی۔

اس نے شہر دیکھا۔۔۔۔۔ دیکھ کر بھی نہیں دیکھا۔ کتنی عجیب بات ہے کہ ایک چیز کے لئے آپ اتنی بڑی قربانی دیتے ہو، خود کو اتنے بڑے خطرے میں ڈالتے ہو اور وہ چیز سامنے آتی ہے تو جیسے کسی چیز کا کوئی مطلب نہیں رہتا۔ عبدل ایک اچھے گائیڈ کی طرح اسے شہر کے گلی کوچے دکھا رہا تھا۔ چیزوں کے بارے میں تفصیل بتا رہا تھا۔ وہ جیسا بھی تھا کم از کم شہر کے بارے میں جانتا ضرور تھا۔ اس نے اسے کچھ چیزیں بھی کھلائیں۔۔۔۔ چیزیں جن کے لئے شاید ابھی اس کے منہ میں tastebuds بھی develope نہیں ہوئے تھے۔ پر میں آپ کو بتا دوں کہ اس نے شہر میں کچھ بھی نہیں دیکھا۔ وہ اس کنارے

پر اتری تو اس نے ایک چھوٹا بچہ دیکھا جو چھوٹا سا ٹرے اٹھائے شہر کی طرف بڑھ رہا تھا۔ اس کے سر پر ٹوپی تھی اور وہ لوگوں کے پاس جا جا کر انہیں شاید کچھ خریدنے کو کہہ رہا تھا۔ نجانے کیوں اسے لگا جیسے ارسلان یکدم اپنی عمر سے کئی سال بڑا ہو گیا ہو اور یہاں شہر میں ٹوپی سر پر ڈالے کچھ بیچتا ہو۔ بہت ممکن ہے کہ کسی دوراہے پر وہ اس کی نگاہوں سے اوجھل بھی ہو گیا ہو آخر وہ کوئی اس کی طرح شہر گھومنے کو تو نہیں نکلا تھا لیکن ریشماں تمام راستہ اسے دیکھتی رہی۔ تمام شہر ایک چھوٹے سے بچے کی پشت پیچھے چھپ گیا اور جب عبدل نے شام سے ذرا پہلے کشتی میں بیٹھتے ہوئے اس سے پوچھا کہ تمہیں شہر کیسا لگا تو وہ بے اختیار کہنے لگی

''شہر میرے ارسلان جیسا ہے بس اس نے ٹوپی پہن رکھی ہے۔'' عبدل نے بیوقوفوں کے انداز میں سر ہلا دیا اور کشتی کو گاؤں کی طرف لے جانے لگا۔ اس کنارے پر پہنچ کر ریشماں کھوئے کھوئے انداز میں اٹھی اور اپنے گھر کی طرف چل پڑی۔ اس نے مڑ کر عبدل کی طرف دیکھا بھی نہیں۔ گھر کی طرف چل پڑی۔

ارسلان وہ سارا دن دریا کنارے ہی بیٹھا رہا تھا۔ اس کی کنڈی زور زور سے ہلتی رہی لیکن اس نے اسے باہر نکالنے کی کوشش بھی نہیں کی۔ ریشماں کو واپس آتے دیکھ کر وہ بھی میسمرائیزڈ سے معمول کی طرح اس کے پیچھے چل رہا تھا۔ ڈوری اس کے ہاتھ میں تھی اور اس کے سرے پر ایک بڑی مچھلی ٹنگی تھی۔ مچھلی اس کے ساتھ ساتھ گھسٹتی رہی۔۔۔۔ پتھروں سے ٹکراتی رہی، جھاڑیوں سے الجھتی رہی یہاں تک کہ وہ گھر پہنچ گیا۔

ریشماں گھر پہنچی تو وہاں پر کوئی نہیں تھا۔ اس نے دوپٹہ اتار کر کھونٹی سی لٹکایا اور پانی کا گلاس پینے لگی۔ پانی پی کر مڑی تو دیکھا کہ ارسلان دروازے پر کھڑا اسے دیکھ رہا ہے۔ وہ کچھ بولا نہیں بس قریب آ کر اس نے اپنی ڈوری اسے تھما دی۔ ڈوری کے

دوسرے سرے پر ایک بڑی مچھلی بندھی تھی۔ وہ اتنی بڑی تھی کہ اگر عام حالات میں ارسلان کو ملی ہوتی تو وہ اب تک چیخ چیخ کر پورے گاؤں کو اکٹھا کر چکا ہوتا مگر اب اس نے آہستگی سے ڈوری اپنی ماں کو تھما دی اور خود جا کر ایک کونے میں بیٹھ گیا۔ ریشماں نے ڈوری کو لپیٹ کر طاق میں رکھا اور مچھلی کو صاف کرنے لگا۔ دونوں نے کوئی بات نہیں کی یہاں تک کہ اس کا باپ بھی واپس آ گیا۔

اس رات بادل بہت زور سے گرج رہے تھے۔ دریا کی پھنکاریں یہاں تک سنائی دی رہی تھیں۔ ریشماں کو لگا کہ تقدیر جیسے اسے ایک موقع دے رہی ہے۔ اسے بلا رہی ہے کہ آؤ تمھیں اپنے بازوؤں میں چھپا لوں۔ تم بہت دور نکل گئی ہو۔ اس سے پہلے کہ کوئی جانے ایک راستہ اب بھی کھلا ہے۔ وہ راستہ جہاں سب عیب چھپا لیے جاتے ہیں۔

اور یہ راستہ ہمیشہ ہمارے سامنے کھلا رہتا ہے۔ شروع میں ہم اس پر ہنستے ہیں۔ بچپن میں ہم سوچ بھی نہیں پاتے کہ لوگ خودکشی کیسے کر سکتے ہیں مگر پھر وقت ہمیں ایسے مقام پر لے آتا ہے جہاں ہم کم از کم سمجھنے لگتے ہیں۔ ان لوگوں کے لئے ہمارے دل میں اگر ہمدردی نہیں تو کم از کم ایک احساس تو ضرور ہی پیدا ہوتا ہے لیکن پھر بھی ہمیں لگتا ہے جیسے یہ راستہ ہمارے لئے نہیں ہے۔ اور پھر کچھ ہوتا ہے۔ ہم کوئی حد پار کر جاتے ہیں اور واپس لوٹ آنا چاہتے ہیں۔ یہ بھول جاتے ہیں کہ ہر راستہ واپس نہیں آ سکتا۔ ہم آگے جانے کی ہمت نہیں رکھتے اور واپس لوٹنا مقدر نہیں ہوتا۔ ایسے میں یہ راستہ ہمارا واحد دوست بن کر سامنے آتا ہے اور ہم اس کی طرف کھچے چلے جاتے ہیں۔

پہلے کبھی رات میں اگر بجلی کڑکتی تھی تو ارسلان اپنی ماں کا بازو پکڑ کر اس کے قریب ہو جاتا تھا۔ آج وہ سو تو اسی کے ساتھ رہا تھا مگر اس نے حتیٰ الامکان خود کو اپنی ماں سے دور کر رکھا تھا۔ ایسے میں بجلی کڑکی تو ریشماں نے ارسلان کو تھام لیا کہ کہیں وہ ڈر نہ

رہا ہو مگر وہ ویسے ہی لیٹا رہا۔ کچھ نہیں بولا اور یہ آخری تنکا تھا۔ ریشماں خاموشی سے بستر سے اٹھ کھڑی ہوئی اور دروازے سے باہر نکل گئی۔ وہ دریا کی طرف چلنے لگی۔ بارش نے ایک لمحے میں ہی اسے بھگو دیا مگر وہ رکی نہیں۔ وہ دریا کے قریب پہنچی تو ایک لمحے کو تو خوفزدہ ہو گئی۔ یہ وہ دریا نہیں تھا جسے وہ بچپن سے جانتی تھی۔۔۔۔ دریا جو ان کی بستی کے کنارے بہتا تھا۔ یہاں تو ہر سمت پانی ہی پانی تھا۔ سمجھ نہیں آتی تھی کہ دریا کہاں سے شروع ہوتا ہے اور کہاں ختم۔ شہر کی تمام روشنیاں بھی بجھی تھیں۔ کیا خبر وہ شہر ڈوب گیا ہو کیونکہ وہاں ہر طرف اندھیرے کا راج تھا۔ اگر شہر ڈوب جاتا ہے تو اس کے جرم کے سارے نشان بھی مٹ جاتے ہیں۔ اس نے سوچا۔ پھر خود کو ملامت کرنے لگی۔

"میں شہر کے ڈوبنے کا سوچ بھی کیسے سکتی ہوں۔" اس کی آنکھوں کے سامنے ٹوپی پہنے ایک لڑکا گھومنے لگا۔ وہ اپنی جگہ رکی رہی اور پھر تقدیر اس کی مدد کو آگئی۔ مہربان دریا نے کہا کہ اگر تم فیصلہ نہیں کر پارہی تو چلو میں ہی تمہاری مدد کو آجاتا ہوں۔ اس کے قد سے لمبی پانی کی ایک باڑ آئی اور سردی جیسے اس کے ہر مسام سے جسم میں داخل ہوگئی۔ آخری سوچ جو اس کے دل میں ابھری وہ اس باڑ سے بھی بڑی تشکر کی ایک لہر تھی۔ وہ ڈوب رہی تھی، غوطے کھا رہی تھی اور شکر گذار تھی۔

☆☆☆

دو محبتوں کی کہانی

میں نے دو محبتیں کیں ہیں۔۔۔۔ تم سے محبت اور تیرے تصور سے محبت۔ اور محبت کی ابتدا دونوں کے کہیں بیچ میں تھی۔

آغاز میں ایک دھواں تھا اور میری روح اس دھوئیں میں تیرتی تھی۔ اور میرا جسم ایک جھیل تھا جس میں لاکھوں آنکھیں کونپلوں کی صورت اگیں تھیں۔ میری ہر آنکھ تجھے دیکھتی تھی اور ہر آنکھ میں پیاس بھری تھی۔۔۔۔۔ ایسی پیاس کے جس کے سامنے سمندر بھی صحرا نظر آئے۔ اتنی پیاس کہ لاکھوں بارشیں پی کر بھی خشک ہونٹوں کی دہائی جاری رہے۔

وہ محبت کچھ اور ہی شئے تھی۔ تیرا ہر لفظ اِک عجیب سا منبع تھا۔ خود رو جھاڑیوں کی طرح جس سے جملے بنتے چلے جاتے تھے۔ کتابوں کے اوراق بھرے جاتے تھے۔ کتابیں جنہیں پڑھنے کو خدائی سال بھی کم پڑتے۔ ہر لفظ وہ پتھر تھا جس سے درجنوں چشمے پھوٹتے تھے اور میرے ذہن کا ہر گوشہ یہ جانتا تھا کہ اسے کس چشمے کا پانی پینا ہے۔ اور وہ چشمے بھی ایسے منہ زور تھے کہ "زم زم" سے نہ ٹھہرتے تھے۔ اور میرے چھوٹی سی دنیا کا کوئی پہاڑ اس پانی سے بلند نہ تھا۔

میں ڈوبتا جاتا تھا اور سوچتا تھا کہ ارتقا وہ بلی ہے جس نے درخت پر چڑھنے سا ہنر، یہ محبت، مجھے نہیں سکھائی۔ اور نہ محبت میں خدا کا سا رحم تھا کہ وہ طوفاں سے پہلے کشتی کا حکم دیتی۔ کہ وہ عذاب سے پہلے وعیدوں کی خبر دیتی۔

محبت تو جیسے جھاڑیوں کے پیچھے چھپا شیطان سا بچہ ہے جو چہرے پر کوئی بھی نقاب ڈالے یکدم سے ہمارے سامنے آتا ہے۔۔۔۔۔ جسے دل کے دہل جانے کا خدشہ ہو وہ بھلا ایسے نگر میں اترے ہی کیوں؟

اور ایک محبت میں نے تجھ سے کی۔ تیرے گرم، سرخ، انگارہ سے ہونٹوں سے۔ تیری پتلی، لمبی، مخروطی انگلیوں سے۔ تیرے گیسوؤں، تیرے رخساروں، تیری آنکھوں سے۔ اس خوشبو سے جو اجنبی سانپ کی مانند تیرے جسم کی درزوں میں آن بسی تھی۔

میں ہر روز صبح بڑی خاموشی سے تجھے بے خبر پا کر اپنی باہوں میں جکڑ لیتا صرف اس امید پر کہ۔۔۔۔۔ کہ ایک بار تو تجھ کو حیران کروں گا۔ ایک بار تو اس محبت کے پردے کو چیر کر تیری دوسری محبت تک پہنچ سکوں گا۔۔۔۔ اور تو ہمیشہ میرے ہاتھ میں کافی کا مگ پکڑا دیتی اور تازہ اخبار۔۔۔۔۔۔ اور وہ بچے جو ہمارا کل تھے اور یہ گھر جس کی ہر اینٹ پر ہمارے ساتھ کی مہر لگی ہے۔

میں نے دو محبتیں کیں ہیں اور محبت کی انتہا دونوں کے کہیں بیچ میں تھی۔

☆☆☆

سچ کے avalanche پر بھاگتے ہوئے گھوڑے

سچ ہمارے لئے ایک چیستاں رہا تو صرف اس لئے کہ ہم نے اسے ہمیشہ ایک object کے طور پر لیا ہے۔ ہم نے اس کی پرستش کی ہے، اس کی خاطر سولی پر چڑھے ہیں، اس کے نام پر لاکھوں کو تاراج کیا ہے، اس کی حسرت میں زندگیوں کو رائگاں کیا ہے۔ سچ ایک نہ سمجھ میں آنے والی پراسرار دھن بجاتا pied piper رہا اور ہم آنکھیں بند کئے چوہوں کی طرح اس کے پیچھے پیچھے چلتے اپنے مسکن سے بہت دور آ گئے۔ پر سچ اس لئے تو نہیں ہوتا۔

سچ تو کوئی object کبھی تھا ہی نہیں۔ سچ تو ہمارے اندر کی روشنی تھی جسے مالک نے دنیا دیکھنے کے واسطے ہمیں دیا تھا۔ آخر وہ اتنے بڑے اندھیرے میں ہمیں بغیر تیاری کے کیسے پھینک دیتا۔ تو سچ ہم ہیں مگر دنیا میں کہیں کوئی آفاقی سچ نہیں ہے۔۔۔۔۔۔ ایسا سچ جو کسی اوڑھنی کی طرح ساری نوعِ انسانی کے جسم کو ڈھانپنے کی صلاحیت رکھتا ہو۔ ایسا سچ کہیں نہیں ہے۔ یہاں میرا سچ ہے، تیرا سچ ہے، اس کا سچ ہے مگر کوئی ہمارا سچ نہیں ہے۔ ہم غلطی کرتے ہیں تو بس اتنی کہ اپنے سچ کی گٹھڑی دوسروں کے سر لادنے کی کوشش کرتے ہیں۔۔۔۔۔۔۔۔ اپنی طاقت، اپنے ایمان اور اپنے جذبے کے بل بوتے پر اور یہیں سے ساری خرابی جنم لیتی ہے۔

بہت اندھیری رات ہے۔ اتنی اندھیری کہ ہاتھ کو ہاتھ سجھائی نہیں دیتا۔ اور ایسے میں ہم سیاہ کار اپنی اپنی کنجِ عافیت سے نکلتے ہیں (یا ہمیں باہر دھکیل دیا جاتا ہے)۔ اب ایک

نہ سمجھ میں آنے والی، نہ دکھائی دینے والی دنیا ہمارے سامنے ہے۔ ہمیں بھٹکتے، گرتے پڑتے لوگوں کی کراہیں سنائی دیتی ہیں، بڑے بڑے کانٹے اور پتھر ہمارے پیروں کا امتحان لیتے ہیں، بھیڑیوں کی دیوانہ وار Howling ہمیں وہلائے دیتی ہے اور ایسے میں موت کے خوف سے لرزتے ہم سہمے ہوئے لوگ اس ذاتِ کریم کو پکارتے ہیں

" Eli, Eli, lama sabachthani? (My God, my God, why hast thou forsaken me"(?

اندھیرے میں اتنی دعائیں گونجتی ہیں کہ وہ مجسم ہو جاتی ہیں اور ترحم انگیز نظروں سے اپنے لوگوں کو دیکھتی ہیں۔ پھر ایک ابدی مسکراہٹ کے جلو میں صدا گونجتی ہے

”ہم کسی روح پر اس کی استطاعت سے بڑھ کر بوجھ نہیں ڈالتے“

خدا کی ذات سب جاننے والی اور ہر شئے پر حاوی ہے۔ وہ جو طوفانِ نوح سے پہلے کشتی تیار کرنے کا حکم دیتا ہے، وہ ذات جس کے علم کے سمندر کی اِک بوند خضر کو ملتی ہے تو وہ اس بچے کو مار ڈالتا ہے جس نے جوان ہو کر ماں باپ کو تکلیف پہنچانی تھی۔ وہ ذات بھلا کیسے ہمیں اندھیروں میں بھٹکنے کو چھوڑ سکتی ہے۔ تو وہ خود اپنی مسند چھوڑ کر ہمارے دل میں اتر آتا ہے اور ہمارا دل روشن ہو جاتا ہے۔

"Allah is the Light of the heavens and the earth. The Parable of His
Light is as if there were a Niche and within it a Lamp: the Lamp
enclosed in Glass: the glass as it were a brilliant star: Lit from a
blessed Tree, an Olive, neither of the east nor of the west, whose oil
is well-nigh luminous, though fire scarce touched it: Light upon Light!
Allah doth guide whom He will to His Light: Allah doth set forth

Parables for men: and Allah doth know all things".
(24:35)

ہمارے اندر سے پھوٹتی یہ روشنی ہمارے اردگرد کی دنیا کو ہمارے لئے کم ہولناک بنا دیتی ہے۔ درندے اب بھی دھاڑتے ہیں، نہ نظر آنے والے خون آشام پرندوں کی پھڑ پھڑاہٹیں ہم اب بھی سنتے ہیں لیکن ہمارے اردگرد جو یہ روشنی کا ہالہ بن جاتا ہے یہ ہمیں پر سکون کرنے کی صلاحیت رکھتا ہے۔ ہم بھی کتنے عجیب ہیں۔ ہم اپنے دل میں اچھی طرح جانتے ہیں کہ لاکھوں نوری سالوں تک ہمارے چھ جہات میں اندھیرا بکھرا ہے مگر ہم مطمئن ہیں کہ ہمارے اندر کی روشنی سے یہ چند مربع گز کی زمین تو منور ہے۔ ہم اس پر خداوند تعالیٰ کے شکر گذار ہوتے ہیں اور وہ ذاتِ بابرکت ہمارے اس شکر پر مسکراتی ہے اور فخر سے ملائکہ کی طرف دیکھتی ہے۔ دیکھو یہ میرے شکر گذار بندے اس حالت میں بھی میرا شکر بجالا رہے ہیں۔ میں ان کے لئے خوبصورت جنت کی تخلیق کروں گا جسے حوروں اور بہنے والے پاکیزہ دریاؤں سے بھر دوں گا۔ ایسی جنت جس میں کسی کے لئے نہ کوئی خوف ہو گا اور نہ وہ حزن سے دوچار ہو گا۔

تو ہم اپنی محدود روشنی، اپنے محدود سچ سے دنیا کو دیکھتے ہیں اور یہی محدود سچ ہماری دنیا ہے۔ ایک طرح سے دیکھیں تو یہی محدود سچ "ہم" ہیں اور "ہمارا خدا" ہے۔ ہر انسان کے لئے ایک سچ ہے اور وہی سچ اس کی کائنات ہے اور ہم اس کائنات سے اوپر نہیں اٹھ سکتے۔

"اگر تم میں طاقت ہے تو پھر کائنات کی حدوں سے باہر نکل جاؤ مگر تم ایسا نہیں کر پاؤ گے۔"

تو حقیقت یہی ہے کہ ہم اپنے سچ سے اوپر نہیں اٹھ سکتے۔ جیسے کہ خدا نے کچھ

لوگوں کو جنت کے لئے بنایا اور کچھ لوگوں کو جہنم کے لئے۔ ہر ایک کے لئے ان کا اپنا سچ ہے۔ ہم شیطان کو جنتی بننے پر مجبور نہیں کر سکتے (جب خدا نے نہیں کیا تو ہماری کیا بساط ہے؟)۔۔۔۔۔ پر کس نے کہا کہ اسے جنتی بنانا مقصود بھی ہے۔ جنت و دوزخ مدعا و منتہا نہیں ہیں۔ اور خدا چاہتا تو وہ سبھی کو ہدایت دے دیتا اور جنت میں لے جاتا مگر یہ اس کا طریقہ نہیں ہے۔ اصل امتحان جنت و دوزخ سے ماورا ہے، خیر و شر سے پرے ہے۔ مخلوق کا اصل امتحان عرفانِ ذات ہے۔۔۔۔۔ خود کو پہچاننا ہے، پھر اس پہچان کو ماننا ہے، پھر مان کر عمل کرنا ہے اور پھر عمل کے نتائج کو برداشت کرتے ہوئے شکر کرنا ہے۔ عرفانِ ذات کی تکمیل انہیں چار مدارج کے ذریعے سے ہوتی ہے۔ یہی مخلوق کے کرنے کے کام ہیں۔ باقی سب کاموں کا ذمہ خالقِ تقدیر نے اٹھا رکھا ہے اور ان کی تکمیل ویسے بھی ہماری دسترس سے باہر ہے۔

پر یہ سادہ سی بات آسان نہیں ہے۔ فرض کیجئے کہ آپ خود کو پہچاننے پر قادر ہو جاتے ہیں اور آپ ان میں سے ہو جنہیں جہنم کے لئے تخلیق کیا گیا ہے۔ کیا آپ اپنی اس حقیقت کو مان پاؤ گے؟ ہم سب جب اپنی کھوج میں نکلتے ہیں تو دراصل ہم اس کھوج کے ذریعے اپنے نفس کو دنیا کی سب سی اونچی مسند پر بٹھا دینا چاہتے ہیں۔ اور بھول جاتے ہیں کہ ہم تو مخلوق ہیں اور خالق نے ہمیں اس لئے تو نہیں بنایا کہ ہماری پوجا کی جائے۔ ہمارا ایک مقصد ہے۔۔۔۔ یقیناً ایک مقصد ہے اور وہ محترم بھی کہ ہمارے خالق کی عنایت ہے۔ لیکن ہم سب کی تخلیق کا مقصد ایک تو نہیں ہے۔ آپ اپنے کمرے پر نظر دوڑایئے۔ آپ کو بہت سی چیزیں ملیں گی۔ کمرے میں رکھی ہر چیز ایک مفید مقصد کے لئے ہے مگر ہر چیز سونا تو نہیں ہو سکتی۔ اگر دنیا کی ساری خوراک سونا بن جائیں تو کیا ہم پہلے سے زیادہ سکھی ہو جائیں گے۔ جب ہم بھوک کی شدت سے دم توڑتے ہوں گے تو ہمیں

گندم کے دانے کی قدر محسوس ہو گی۔

ہم کیا ہیں؟ یہ جاننا شاید اتنا مشکل نہ ہو مگر یہ ماننا بہت مشکل ہے۔ شیطان کے ساتھ بھی یہی ہوا۔ عمر بھر کی ریاضت کے بعد اس نے ایک مقام حاصل کر لیا۔۔۔۔ ایک ایسی رکاوٹ عبور کر لی جو اس کی نوع کے لئے خواب سے بھی بڑھ کر تھی۔ وہ خدا کے مقربین میں شامل ہو گیا۔ یہاں اگر وہ یہ سمجھتا تھا کہ اس نے منزل کو پالیا تو وہ یکسر غلط تھا۔ عشق کی راہوں پر کوئی منزل نہیں ہوتی۔ صرف راستہ ہوتا ہے اور راستہ بھی ایسا جو ہر قدم دشوار ہوتا جاتا ہے۔

اور اسے بھی ایک ایسے ہی امتحان میں لا پھینکا گیا۔ بنا سوچے سمجھے اطاعت کا حکم ہوا۔ وہ مانتا تو اپنی سرشت سے غداری کا مرتکب ہوتا اور نہ مانتا تو بغاوت کا۔ مولانا روم فرماتے ہیں کہ

"When a master places a spade in the hand of a slave,
The slave knows his meaning without being told".

شیطان کے ہاتھ میں بیلچہ (عقل، شعور، منطق، پرکھ، علم) تو مالک نے بہت پہلے تھما دیا تھا۔ وہ قعرِ مذلت کا باسی تھا۔ ایسے دیس میں رہتا تھا جہاں ہر سمت گناہ، سیاہ کاریوں اور برائیوں کے غلغلے تھے۔ ایسے میں اس نے اپنے بیلچے کو استعمال کیا اور اپنے لئے ایسی راہ تخلیق کی جو اسے سیدھی خدا تک لے آئی۔ وہ ہزاروں برس تک عبادت کی جس بھٹی میں جل کر اس مقام تک آ پہنچا تھا وہ یکایک غیر متعلق ہو گئی۔ اس کا سارا پرانا مقام، اس کی ساری عبادت، ساری ریاضت اسے غیر اہم نظر آنے لگی کیونکہ وہ اب ان ملائکہ میں بود و باش رکھتا تھا جنہیں گناہ کا احساس بھی چھو کر نہیں گذرا تھا۔ جن کا ہر سانس بارگاہِ الٰہی کے لئے شکر سے بھرا تھا۔ وہ ایسے میں کیا کرتا؟ اس کے دل میں اگر کوئی سوال بھی اٹھتا تو اسے خوف محسوس ہوتا کہ کہیں وہ گناہ کا مرتکب تو نہیں ہو رہا۔ اور پھر اسے ایک امتحان

میں ڈال دیا گیا۔ امتحان بھی ایسا کٹھن کہ وہ ملائکہ جو خدا کے ہر حکم کو بلا چون وچرا بجالاتے تھے وہ بھی سوال کرنے پر مجبور ہو گئے

"Behold, thy Lord said to the angels: "I will create a vicegerent on earth." They said: "Wilt Thou place therein one who will make mischief therein and shed blood?- whilst we do celebrate Thy praises and glorify Thy holy (name)?" He said: "I know what ye know not ."(2:30)

جن کے اعتراضات کو دور کرنے کے لئے خدا کو آدم کو ناموں کا علم دینا پڑا۔ ایسے میں شیطان کیا کرتا؟ اس کی سرشت، اس کا علم، اس کی منطق، اس کا دل سب گواہی دے رہے تھے کہ یہ سجدہ اسے جائز نہیں ہے۔ پر سجدہ نہ کرنے کا مطلب خدا کی حکم عدولی تھا۔ یہی وہ مقام ہے جہاں شیطان کائنات میں اپنے مقام کو پہچان جاتا ہے۔ وہ جو ہزاروں برس کی عبادت اور جستجو کے بعد بھی خود کو پہچان نہ سکا آج وہ خود کو پہچان لیتا ہے اور جان جاتا ہے کہ خدا نے کیوں اس کی تخلیق کی۔ اور بڑا دل چاہیے ہوتا ہے اس realization کے لئے بھی۔ ہم میں سے کتنے ہیں جو اپنے اندر بیٹھے evil کو دیکھ لیتے ہیں۔ ہم جانتے ہیں کہ ہم اسے اپنے اندر سے نکال نہیں سکتے کیونکہ وہ ہمارا حصہ ہے مگر ہم پھر بھی آنکھیں بند کر لیتے ہیں اور کوشش کرتے ہیں کہ تقدس کی کسی موٹی سی ردا سے خود کو ڈھانپ لیں تاکہ نہ تو کوئی اور نہ ہی ہم خود اپنے اندر کے شر کو دیکھ سکیں۔

مگر شیطان ہم سے بہادر نکلا۔ اس نے خود کو جانا اور مان لیا۔ وہ مسکرایا اور اپنی ساری عمر کی متاع کو مٹی میں ملا کر حکمِ خداوندی کے سامنے کھڑا ہو گیا۔ ایک اور امتحان کی بھٹی میں جلنے کے لئے تیار ہو گیا۔ خدا نے اسے مردود کہا تو وہ بے عملوں کی طرح ڈھے نہیں گیا۔ اس نے خود کو پہچان کر نہ صرف مان لیا بلکہ اس مقصد کے لئے عمل پر بھی تیار ہو گیا اور بولا

" He said: "Give me respite till the day they are raised up".
Allah said: "Be thou among those who have respite".
He said: "Because thou hast thrown me out of the way, lo! I will lie in wait for them on thy straight way":
(16-7:14)

خداوند تعالی نے اسے مہلت دی اور یوں سارا کھیل شروع ہو گیا۔ مجھے یقین ہے کہ جب یہ ساری بساط لپیٹ دی جائے گی اور جنت و دوزخ کا فیصلہ ہو گا تو شیطان کو جہنم کے سب سے گہرے گڑھے میں ڈال دیا جائے گا اور اس کا عذاب سب سے سخت ہو گا۔ پر پتہ نہیں کیوں مجھے یہ بھی لگتا ہے کہ وہ پھر بھی خدا کا شکر بجالائے گا کہ خدا نے اسے وہ کام کرنے کی توفیق عطا فرمائی جس کے لئے اس کی تخلیق کی گئی تھی۔

یہ ہے شیطان کا سچ۔ ہمارا سچ مگر کچھ اور ہے۔ ہمارے لئے شیطان مردود اور لعین ہے۔ وہ ہمیں راہ سے بھٹکانے پر تلا ہے۔ ہمارا سچ کچھ اور ہے اور ہمیں وہ سچ ڈھونڈنا ہے۔ ہمیں خدا کی تلاش ترک کر دینی چاہیے اور خود کو ڈھونڈنا چاہیے۔ جب ہم خود کو ڈھونڈ لیں تو پھر ہمیں مان لینا ہے اور اس کے مطابق عمل کرنا ہے۔ ایک قاتل کے لئے قتل کرنا منشائے خداوندی ہے تو ساتھ میں انصاف کے گھاٹ پر چڑھنا بھی خدا کی بڑائی ظاہر کرنے کا ذریع ہے۔

میں یہ نہیں کہہ رہا ہوں کہ ہم سب اپنے اندر نظر آنے والی ساری برائیوں کے منہ کھول دیں۔ نہیں یہ معرفتِ ذات نہیں ہے۔ یاد رکھیں کہ ہزاروں برس کی ریاضت اور فرشتوں کا تقرب حاصل ہونے کے باوجود شیطان کو معرفتِ ذات نہیں ملی تھی۔ تو آپ اگر کسی خوبصورت خاتون کو دیکھ کر اس سے ہم بستری کی خواہش اپنے دل میں پاتے ہو تو یہ آپ کی حقیقت نہیں ہے۔ سچ تو یہ ہے کہ امتحان صرف وقت آنے پر ہوتا ہے۔۔۔۔۔ اختیار ملنے پر ہوتا ہے۔ فرض کئی گئی چیزوں پر معرفتِ ذات نہیں ملتی وگرنہ شاعروں سے

بڑھ کر تیغ زن کوئی نہ ہوتا۔ وہ عاشق جو صحراؤں کی ریت کے برابر جواہرات دینے کے وعدے کرتے ہیں اپنی محبوبہ کو ایک کٹیا بھی دے نہیں پاتے۔ تو امتحان وقت آنے پر ہوتا ہے اور وقت سب پر آتا ہے۔ ہر ایک کے لئے امتحان ہے۔ اس کی ہمت اور اس کی استطاعت کے برابر امتحان۔ ابراہیم کے لئے امتحان ان کے بیٹے کی قربانی تھی اور تمہارے لئے امتحان شاید ایک دن بیوی کو برا بھلا نہ کہنا ہو جب اس سے کھانا جل گیا ہو۔

ہر ایک کا اپنا سچ ہے۔ ہر ایک کا اپنا امتحان ہے۔ زندگی کسی کے لئے آسان نہیں ہے۔ خدا کسی کو دے کر آزماتا ہے اور کسی سے لے آزماتا ہے۔ ہمارا امتحان کیا ہو گا یہ ہماری choice نہیں ہے۔ ہمارا خالق کوئی اور ہے اور ہمارا کام تو بس اس کا شکر گذار بندہ بننا ہے اور شکر تو اسی صورت میں ممکن ہے اگر ہم خدا کی دی ہوئی صلاحیتوں کا بہترین استعمال کریں۔

تو معرفتِ ذات اتنی آسان نہیں ہے۔ اور معرفتِ ذات کوئی ٹھیکہ بھی نہیں ہے ،کوئی لائسنس بھی نہیں ہے جو آپ کو برائیوں کا اختیار دے دیتا ہو۔ اختیار تو سارا اللہ کا ہے۔ ہم مخلوق کے لئے تو بس حکم کی پاسداری فرض ہے اور حکم صرف معروف کا ہے۔ کہیں یہ حکم نہیں ملتا کہ تم شیطان کے نام پر لوگوں کی جان لے لو۔ کوئی مذہب نہیں کہتا کہ تم لہو و لہب میں پڑ جاؤ۔ اطاعت صرف معروف میں ہے۔ عمل صرف نیک ہی کرنا ہے۔ ہاں نتیجہ کچھ بھی نکل سکتا ہے جسے شکر گذاری سے ماننا ہو گا۔ جان لیجئے کہ شیطان کے ان کار کا تعلق بھی علم، منطق اور اچھائی کے پہلوؤں کے لئے ہی تھا۔ دنیا میں آج تک جو قتل و غارت، فسق و فجور ہوا ہے وہ اچھائی کے لئے ہی ہوا ہے۔ یہ جو لوگ محبت کے نام پر گناہوں کی دلدل میں دبے چلے جاتے ہیں وہ ایسا برائی کے لئے نہیں کرتے۔ یہ سب لوگ اپنا اختیار ایک بہتر نتیجے کے نام پر استعمال کرتے ہیں۔ شیطان نے حکمِ الٰہی سے

سرتابی کا فیصلہ تقربِ الہی کے لئے کیا تھا۔ تو ہر فیصلہ صرف اپنے اندر کے سچ کی روشنی میں کیا جاتا ہے۔ یہ اندر کی روشنی وہ ہے جو کوئی ہمیں دے نہیں سکتا۔ یہی معرفتِ ذات ہے۔ بس یہی مخلوق پر خالق کا حق ہے کہ وہ فیصلہ اپنے اندر کی روشنی کے مطابق کریں۔ اب اس کا نتیجہ کیا ہوتا ہے یہ دوسری کہانی ہے۔ ہٹلر جیسے شخص کروڑوں لوگوں کی جان لے لیتے ہیں۔ اسلام کو پھیلانے کے زعم میں لاکھوں لوگوں کو تہ تیغ کر دیا جاتا ہے۔ کلیسا بیت المقدس کو آزاد کروانے کے لئے خون کی ہولی رچاتا ہے۔ یہ سب فیصلے اپنے اندر کی روشنی، اپنے سچ کے دائرے میں رہتے ہوئے کئے جاتے ہیں۔ اور جب جنگ ختم ہونے پر فاتح بادشاہ لاشوں کے قبرستان پر بیٹھ کر دیکھتا ہے تو سوچ میں پڑ جاتا ہے۔

"کیا یہ میں ہی تھا جس نے چھوٹی سی زمین، کسی اینٹ گارے کی عمارت کے لئے لاکھوں لوگوں کی جانیں لے لیں۔ حاصل کیا ہوا؟ میں نے ایسا کیوں کیا؟ کیا میں evil ہوں؟ پر میں نے تو سب کچھ سچائی کے لئے کیا تھا؟"

وہ عمر بھر ان سوالوں کے پیچھے بھٹکے گا مگر جواب نہیں پا سکے گا۔ وہی بے چینی جو کرک شیترا کی رات ارجن پر اتری تھی جب وہ سوچتا تھا کہ میں کس مقصد کے لئے اپنے بھائیوں کا خون بہا رہا ہوں۔ ایسے میں کرشنا اسے کہتا ہے کہ

"اس پر دل گرفتہ نہ ہو۔ ایک سپاہی کا کام لڑنا ہے اور پھر خود کو نتائج سے بے پروا کرنا ہے۔"

نہیں سپاہی برا نہیں ہوتا۔ وہ اپنے سچ کے راستے پر چل رہا ہوتا ہے اور سچ کے راستے پر چلنے والا برا کیسے ہو سکتا ہے۔ لیکن اگر نتیجہ برا نکلتا ہے۔۔۔۔۔ اگر آپ کا سچ آپ کو لے کر ایک ایسے نگر میں چلا جاتا ہے جہاں آئینہ دیکھو تو آپ کو قاتل کا چہرہ نظر آتا ہے تو افسوس مت کرو اور شکر کرو اس ذات کا جس نے تمہیں پیدا کیا۔ اور خدا کا شکر تو وہ کیڑا

بھی کرتا ہے جو پیٹ کے بل رینگتا ہے اور جس کا مقدر کسی ان دیکھے قدموں تلے کچلا جانا ہے۔ یا پھر وہ بچھو بھی جسے صبح کے وقت اٹھنے والے برگزیدہ بندوں کو ڈسنا ہے۔ بچھو گناہ گار نہیں ہے۔ وہ خدا کا شکر گذار ہے کہ اسے پیدا کیا گیا اور اس کھیل میں کھلاڑی بنایا گیا۔ اگر ہمیں شر کے مہرے بنایا گیا ہے تو بھی شکر کرنا چاہیے کہ اسی خیر و شر کے تصادم سے ایک بڑا خیر جنم لیتا ہے۔

شطرنج کی بساط پر دیکھو جس پر سفید اور سیاہ مہرے سجے ہیں۔ ان میں کوئی برا نہیں ہے مگر سفید کے لئے سیاہ کو اور سیاہ کے لئے سفید کو مارنا نہ صرف جائز بلکہ لازم ہے۔ خیر و شر ان سیاہ و سفید مہروں کی طرح ہیں جنہیں خالقِ کائنات نے اس بساط پر سجایا ہے۔ مہرے کھیل سے اوپر نہیں اٹھ سکتے۔ مہرے کھیل کی سمت نہیں بدل سکتے۔ مہرے کھیل کے اصول نہیں بنا سکتے۔ تو وہ سب کامیاب ہیں جو اس کھیل میں اپنی صلاحیت کے مطابق دلجمعی سے حصہ لیتے ہیں۔ خواہ ایک کا نتیجہ جنت اور دوسری کا نتیجہ جہنم ہی کیوں نہ ہو۔ دونوں ہی خدا کے شکر گذار بندے بن سکتے ہیں۔ دونوں ہی فلاح پائے ہوئے ہیں۔

تو پھر بھٹکے ہوئے کون ہیں؟ وہ کون ہیں جو زمین میں فساد مچانے والے ہیں؟ انسانیت کے دشمن کون ہیں؟ یہ وہ لوگ ہیں جو اپنے سچ کی روشنی میں دیکھنے کی طاقت نہیں رکھتے۔ اگر دیکھتے ہیں تو خود کو پہچاننے کی ہمت نہیں رکھتے۔ اگر پہچان لیتے ہیں تو اس کے مطابق عمل نہیں کر پاتے۔ اور جب انہیں عذاب دیا جاتا ہے تو ان کا دل ناشکر گذاری سے بھر جاتا ہے۔ یہی لوگ نقصان اٹھانے والے ہیں۔ یہ لوگ آخر ہیں کون؟

یہ وہ عالم ہیں جن کے اندر خدا نے علم کی پیاس لگائی اور وہ لہو و لہب اور دنیا کی رنگینیوں سے اسے بجھانے کی کوشش کرتے رہے۔ اپنے اندر وہ جانتے تھے کہ انہیں کیا چاہیے مگر وہ راستہ مشکل تھا اور یہ لوگ اپنے سچ سے ڈرتے رہے۔ وہ جنگجو جنہیں خدا نے

لڑنے کے لئے بنایا اور وہ نیکی و برائی اور پورے سچ کی بحثوں میں خود کو ضائع کرتے رہے یہاں تک کہ وسطی ایشیا سے اٹھنے والے قبائل پوری متمدن دنیا کو تاراج کرتے چلے گئے۔

یہ وہ لوگ ہیں جن کی آنکھیں نشے کے خمار سے اتنی بوجھل ہو گئیں کہ وہ اپنے آگے ڈولتا سچ تلک نہیں دیکھ پائے۔ جن کی سوچیں ہوس، مذہب اور وطنیت کے بتوں نے دبا دیں۔ وہ لوگ جنہوں نے کبھی اپنے لئے نہیں سوچا اور تقلید کو اپنا مذہب سمجھتے رہے۔ اس تقلید میں جو atrocities انہوں نے کیں اس کا بدلہ جہنم کی آگ کے سوا کچھ نہیں "اور جہنم کیا ہی برا ٹھکانہ ہے"۔

تو ہر بحث چھوڑ دو اور اپنے اندر کی روشنی، اپنے فرقان پر بھروسہ کرو۔ جیسا کہ کرشنا مورتی نے کہا تھا کہ Truth is a pathless way ایسے ہی آپ خود اپنے لئے روشنی بنو اور اس راستے پر چلو جسے خدا نے تمہارے لئے۔۔۔۔ خاص تمہارے لئے چن لیا ہے۔

☆☆☆

سانپ اور آدمی

موت زندگی کے گھر میں چھپا ایک سانپ ہے جسے وہ بس کبھی کبھار دیکھ سکتی ہے۔۔۔۔۔۔ جیسے وہ جب سرسراتا ہوا ایک بل سے دوسرے بل میں جاتا ہو۔

وہ دونوں برسوں سے ساتھ رہ کر بھی ایک دوسرے پر اعتبار کرنا نہیں سیکھ پاتے۔ زندگی بڑے بڑے سپیروں کو بلاتی ہے، ڈنڈوں سے اس کا سر کچلنے کی کوشش کرتی ہے ،اپنے گھر میں جابجا زہر ملے دودھ کے پیالے رکھتی ہے۔

پر ایک حقیقت جو زندگی سمجھ نہیں پاتی کہ وہ سانپ تو جانے کے لئے آیا ہی نہیں۔ سانپ کا بھی اس گھر پر اتنا ہی حق ہے جتنا حق زندگی کا ہے۔ ایک مقررہ ساعت تک وہ یہاں سرسراتا رہے گا۔ زندگی بس کبھی کبھار گویا اس کی پرچھائی ہی دیکھ پائے گی۔ اور یونہی چلے گا اس ایک دن سے پہلے۔

زندگی کو موت سا دوست کہاں مل سکتا ہے؟ اس ایک دن سے پہلے زندگی اور موت کی دوستی بہت ممکن ہے۔ جب آپ اسے گھر سے باہر دھکیل نہیں سکتے تو کیوں نہ اس سے باتیں کر کر اپنی تنہائی دور کر لو؟ جب کبھی ایک دوسرے کو دیکھو تو بس مسکرا دو۔ حقیقت بس یہی ہے کہ موت کا بھی اس گھر پر اتنا ہی حق ہے جتنا کہ زندگی کا ہے۔ ہم جتنی جلدی یہ سمجھ لیں تو بہتر ہے۔ اخروٹوں بھری درخت کی کھوہ اور برف ہوتی ہوئی گلہری موت سے میری fascination کبھی کم نہیں ہوئی یہاں تک کہ میں نے موت کو دیکھ لیا۔ اور موت بھی ایسی نہیں جو انجانے میں ہمارے جسموں پہ آوارد ہوتی ہے۔۔۔۔۔۔

جیسے Pompie کی بستی پر آن پڑی تھی۔ ایسی سرعت سے کہ بستر پر لیٹے شخص کو پہلو بدلنے کی بھی مہلت نہ مل سکی۔۔۔۔ موت جو اتنی مہربان ہوتی ہے کہ چشمِ زدن میں روح کے گرد آکاس بیل سی لپٹی حسرتوں، آزمائیشوں اور آلائشوں کو اکھاڑ پھینکتی ہے اور ہم بے وزن ہو کر ہائیڈروجن بھرے غباروں کی طرح اوپر اٹھنے لگتے ہیں۔

نہیں مجھے ایسی موت کی کہانی نہیں لکھنی۔ یہ موت تو بڑی سیدھی سادھی ہے۔ اس کے دامن میں کوئی ہیر پھیر نہیں۔ اسے ہر شخص سمجھ سکتا ہے۔ مگر موت ایک اور بھی ہوتی ہے۔ وہ موت آپ جس کے پروں کی پھڑ پھڑاہٹ سنتے ہو۔۔۔۔ جیسے گھنی رات میں کوئی پکھیرو بڑی تیزی سے آپ کے گرد اڑتا چلا جائے۔ آپ جانتے ہو کہ وہ قریب۔۔۔۔۔ بہت قریب ہے۔ مگر کیا کریں کہ یہ آنکھیں گہرے اندھیروں میں دیکھ نہیں پاتیں۔ آپ بس سمٹ جاتے ہو اور ایک خوف میں لپٹے ہوئے چلتے ہو۔ اور یہ سب اتنی دیر تک ہوتا ہے کہ آپ اس نٹ کھٹ کا اصل روپ دیکھ پاتے ہو۔ نٹ کھٹ جس کی انگلیاں پوری زندگی آپ کے بالوں میں کھیلنے کو مچلی تھیں۔ اور موت کا یہ روپ بالکل بھی ویسا نہیں جیسا میں کبھی سنا کرتا تھا۔

میں جب چھوٹا تھا تو مجھے بتایا گیا کہ اچھے لوگوں کی روح قبض کرنے کے لئے نورانی فرشتے آسمان سے اترتے ہیں اور بری روحوں کے لئے کالے اور خوفناک ہرکارے آتے ہیں جو آگ کے ہنٹر برساتے ہوئے روحوں کو دھکیل کر دوزخ میں پھینک دیتے ہیں۔ البتہ میں ان سے کبھی خوفزدہ نہیں ہوا تھا۔ پھر خوف کیوں ہوتا جب میں سمجھتا تھا کہ جب میں صحیح رستے کو اتنی اچھی طرح سے جانتا ہوں تو پھر بھٹکنے کا کیا سوال۔ میں یقیناً ایک نیک انسان کی زندگی گذاروں گا اور فرشتے میرا استقبال کریں گے۔ یہاں مجھے کبھی کبھار حیرت ہوتی کہ آخر کیوں یہ بڑے لوگ سیدھے رستے پر نہیں چل سکتے۔ کتنا آسان لگتا تھا

اس وقت سب کچھ۔

گو اس زندگی میں سب اچھا نہیں تھا۔ مجھے پڑھائی سے جی چرانے کی عادت تھی، سکول میں کسی کے بستے سے پینسل وغیرہ چرا لینا میرے لئے عام سی بات تھی، میں جھوٹ بولتا تھا، ماں کے منع کرنے کے باوجود رات دیر تک بستر میں دبک کر ناول پڑھتا تھا، صحت مند چیزوں کی بجائے گندی فضول چیزیں کھاتا تھا۔ تو میں ہر وہ برائی کر گذرتا تھا جو اس عمر میں ممکن ہو سکتی ہے مگر پھر بھی۔۔۔۔۔ پھر بھی پتہ نہیں کیوں مجھے لگتا تھا جیسے میں سیدھے راستے پر چل سکوں گا۔ جو بچہ باوجود کوشش کے اپنے کورس کی کتاب پر توجہ مرکوز نہ کر سکے وہ سمجھتا تھا کہ وہ آئین سٹائین سے آگے جا سکتا ہے۔

پھر میں بڑا ہوتا گیا۔ زیادہ میچور ہو گیا۔ اب میں پہلے سے بہت بہتر تھا۔ نہ ہی جھوٹ بولتا تھا اور نہ ہی دیر تک جاگتا تھا۔ چوری کا سوال ہی پیدا نہیں ہوتا تھا۔ قانون کی پاسداری میری زندگی کا حصہ تھی۔ میں اب پہلے سے بہت بہتر تھا پر مجھے اب اس ہنٹر والے اندھیرے ہرکارے سے خوف آتا تھا۔ پتہ نہیں کیوں مجھے لگنے لگتا تھا جیسے میں کبھی بھی اس نورانی فرشتوں کے ہجوم کو نہیں دیکھ سکوں گا۔ پتہ نہیں کیوں؟ بچپن کی کی ہوئیں چھوٹی چھوٹی چوریاں مجھے Haunt کرتی تھیں۔ پھر وہ وقت بھی آیا جب میں ہر امید چھوڑ گیا۔ میرے ہر طرف تاریکی پھیل گئی اور یہ تاریکی اتنی گہری ہو گئی۔۔۔۔ اتنی گہری کہ ایسے میں نورانی فرشتہ بھی اگر آتا تو مجھے سیاہ ہرکارا ہی دکھائی دیتا۔ ا۔ اس کے محبت سے اٹھے ہاتھ میرے جسم پر سانپوں کی طرح رینگتے۔

گو میں نے اس تاریکی کو ختم کرنے کے لئے ہر ممکن اقدام کیا۔ میں علم کی شمع ڈھونڈنے ہر نگر گیا۔ میں نے بہت سے لوگوں سے گفتگو کی۔ ہر گفتگو کے ساتھ میرے ارد گرد اندھیرا بڑھتا رہا۔ ایسا لگا جیسے سب روشنی کے چور ہوں اور مجھ سے میری روشنی

چھین رہے ہوں۔ پر یہ احساس مجھے بہت بعد میں ہوا کہ روشنی تو بس میرے اندر تھی۔ میری طلب، میری جستجو، میری امید کی روشنی۔ وہ جیسے جیسے کم ہوتی گئی میرے ارد گرد کی دنیا بھی دھندلاتی گئی۔

یہ احساس مجھے ہو گیا مگر اس وقت جب میں اپنے اندر امید پیدا کرنے کا طریقہ بھول گیا۔ میں جانتا تھا کہ اندھیرا امید سے ختم ہو گا پر امید کیسے پیدا کروں میں نہیں جانتا تھا۔ پھر ایک وقت آیا جب میں امید پیدا کرنے کا طریقہ جان گیا پر تب جسم جواب دے گیا۔ پرانے فلامنٹ کے ساتھ ہائی وولٹیج کرنٹ نہیں گذارا جا سکتا۔

تو یوں میں زندگی سے ایک قدم پیچھے بھاگتا رہا اور میں یہ قصہ سنا بھی اس لئے رہا ہوں کہ شاید تم کبھی زندگی کے ساتھ بھاگ سکو۔ تو اس زندگی میں میرے لئے سب سے مشکل چیز موت رہی اور میں نے اس حقیقت کو جانا تو صرف تب جب میں بستر مرگ پر تھا۔ بیماری نے مجھے اتنا کمزور کر دیا تھا کہ مجھے لگتا تھا جیسے اب میرا جانا کوئی دن کی بات ہے۔ اور اتنی سست موت میں ہی آپ اس عجیب مہمان کی اصل حقیقت جان سکتے ہو۔

موت ہمیشہ میرے لئے ایک معمہ رہی۔ وہ جیسے کوئی چھپکلی تھی جسے آپ دیکھتے ہو۔۔۔۔ اپنے آرام دہ بستر سے دیکھتے ہو۔ ہاں اس کی موجودگی آپ کے لئے پریشان کن ہے۔ ہاں وہ آپ کو بے چین کر رہی ہے۔ لیکن یہ worth نہیں ہے کہ آپ اپنا بستر چھوڑو۔ نہ صرف بستر بلکہ وہ اہم کام بھی جسے آپ اس وقت کر رہے ہو اور صرف اس لئے کہ آپ کو ایک چھپکلی کو بھگانے جیسا فضول کام سوجھا ہے۔ آپ ایسا نہیں کرو گے کیونکہ آپ جانتے ہو۔۔۔۔ اپنے دل میں گہرائیوں میں اچھی طرح سے جانتے ہو کہ حقیقتاً آپ اس سارے معاملے میں کچھ بہت زیادہ کر بھی نہیں سکتے۔ آپ آوازوں کی مدد سے اسے خوفزدہ کر کر بھگا سکتے ہو۔۔۔۔ وہ چلی جائے گی مگر ایک نہ حل ہونے والا معمہ

چھوڑ جائے گی۔

وہ کہاں گئی؟ یہ ہے اہم سوال۔ This is the million dollar questionاس سے پہلے وہ آپ کے سامنے تھی۔ آپ اس کی ہر حرکت پر نظر رکھ سکتے تھے (اگر وہ کوئی تھی۔۔۔۔کیونکہ عام طور پر چھپکلیاں دیوار پر گھنٹوں کے حساب سے ساکت رہ سکتی ہیں اور یوں لگتا ہے جیسے ان میں حرکت کی سکت تو درکنار خواہش تلک نہیں ہے۔ آپ انہیں حرکت کرتا صرف اسی وقت دیکھ سکتے ہو جب کوئی چھوٹا کیڑا اس کے قریب آتا ہے۔۔۔۔۔گو کہ میں شرط لگا سکتا ہوں کہ کیڑا اسے تب بھی حرکت کرتے ہوئے نہیں دیکھ پاتا ہو گا)۔ لیکن اب وہ کہیں ہے۔ اس کمرے میں کہیں اور۔ شاید آپ کی الماری کے پیچھے، بیڈ کے نیچے یا پھر بہت ممکن ہے کہ پردوں سے لٹک رہی ہو۔ وہ یہیں ہے۔ آپ کم از کم اس بات پر تو یقین کر ہی سکتے ہو۔ وہی یقین جو آپ اس زندگی کی دوسری چیزوں پر کرتے ہو۔ شاید اس سے بھی زیادہ یقین جتنا خود آپ کو آپ کے موجود ہونے پر ہے۔ یہ سب اس لئے کہ ابھی تھوڑی دیر پہلے وہ دیوار پر تھی اور سادہ اصول یہی ہے کہ چیزیں بغیر وجہ کے یونہی غائب نہیں ہو جاتیں۔ کائنات میں کوئی ایسا کوڑے دان نہیں ہے جہاں بھیجنے کے بعد آپ چیزوں کے وجود سے چھٹکارا پا سکو۔ نہیں جناب زندگی ایسی نہیں ہے۔ what goes around comes around۔ مادہ کبھی فنا نہیں ہو سکتا۔

ایک وقت تھا جب میں موت کو ایسا کوڑے دان سمجھتا تھا۔ آپ تو سمجھتے ہی ہو کہ کوڑے دان کے بارے میں سب سے اچھی بات یہی ہوتی ہے کہ آپ اس میں اپنی ساری غیر ضروری چیزیں پھینک سکتے ہو اور پھر وہ چیزیں آپ کو کبھی نہیں ستاتیں۔ یہ اہم نہیں ہے کہ چیزیں آخر کوڑے دان سے کہاں چلی جاتیں ہیں۔ اس سوال کا جواب آپ کی

زندگی سے relevant نہیں ہے۔ شاید آپ کی پھینکی چیز کوئی جانور اٹھا کر لے جائے۔ میں نے اکثر کوؤں، بلیوں، کتوں اور خانہ بدوشوں (برائے مہربانی یہاں آپ مجھ پر ناراض مت ہوئیے کہ میں نے کیوں ان قابلِ رحم انسانوں کو جانوروں کی صف میں لا کھڑا کیا ہے۔۔۔۔۔۔ میرا مقصد انہیں کسی صف میں کھڑا کرنا تھا ہی نہیں۔ میں تو بس ایک حقیقت بتا رہا تھا) کو کوڑے دانوں کے گرد منڈلاتے دیکھا ہے۔ یہاں ان کی آنکھیں بڑے تجسس سے ان چیزوں کو ٹٹول رہی ہوتی ہیں جنہیں پتہ نہیں کتنا سوچ کر کسی نے باہر پھینک دیا ہوتا ہے۔ پھر میونسپلٹی کا ٹرک آتا ہے اور اس سب کو ایک بڑے کوڑے دان میں لے جاتا ہے۔۔۔۔۔۔۔ یہ ایک بڑی سی جگہ ہے جسے آپ نے شاید کبھی گاڑی پر گزرتے ہوئے دیکھا ہو گا۔۔۔۔ لیکن یہ وہ جگہ ہے جہاں تک ہم ان چیزوں کے بارے میں جان سکتے ہیں۔ چیزیں یہاں سے کہاں جاتی ہیں؟ کیا کوئی global کوڑے دان ہے جہاں سے ساری دنیا کا کوڑا اکٹھا کیا جاتا ہو؟ ہمارے لئے اس سوال کا جواب اہم نہیں ہے۔

ایک وقت تھا جب موت بھی میرے لئے ایسی ہی ایک چیز تھی۔ ایک جگہ۔۔۔۔ ایک موبائل کوڑے دان جو ہمارے زندگیوں میں آتا ہے اور وہ چیزیں لے جاتا ہے جو ہمارے لئے ضروری نہیں رہ جاتیں۔ اور اس کا کوئی تعلق عمر سے نہیں ہے۔ میں نے وہ لوگ دیکھے ہیں جو ساٹھ سال کی عمر میں بھی کام کئے جاتے ہیں۔۔۔۔ حقیقی طور پر اہم اور ضروری کام اور لوگ ایسے بھی ہیں جو تیس سال کی عمر میں ہی سب کچھ کر ڈالتے ہیں۔ سچ یہ ہے کہ زندگی میں ایک ایسا مقام آتا ہے جس کے بعد سارا سفر پستی کا رہ جاتا ہے۔ تو ایسے میں موت ایک مشاق باز کی مانند کسی اونچی جگہ سے ہمیں دیکھے جاتی ہے اور ان پستی کے مسافروں کو بڑی صفائی سے ساتھ لے جاتی ہے۔

لیکن وقت گذرنے کے ساتھ ساتھ میں نے اس mysterious مخلوق، اس اکیلے

بھیڑیئے کے کام کے بارے میں کچھ اور چیزیں جان گیا۔ جی ہاں ، کبھی کبھار اس کے کاموں کے پیچھے بڑی صحیح منطق ہوتی ہے لیکن کئی بار میں نے اسے ایسے محسوس کیا جیسے کوئی غصیلا بھینسا ہے جو اپنے رستے میں آنے والی ہر شئے کو سینگوں سے اٹھا کر دور پھینک ڈالتا ہے۔ کوئی فرق نہیں پڑتا کہ کون اس کے رستے میں آ جاتا ہے۔ لوگ ہمیشہ یہ دنیا چھوڑتے رہتے ہیں جب کہ ان کے پاس نہ ختم کئے گئے کام ہوتے ہیں۔ موت کی آنکھوں میں میں نے کسی کے لئے کوئی رحم نہیں دیکھا۔ آپ اس کی moves کو جان تلک نہیں سکتے۔۔۔۔ شاید آپ جان سکتے ہو مگر صرف macro لیول پر۔ انفرادی سطح پر شماریاتی حقیقتیں اپنی ساری forecasting abilities کھو بیٹھتی ہیں۔ موت کا کوئی pattern نہیں ہے، کوئی پسند و ناپسند نہیں ہے۔۔۔ تو کوئی کچھ بھی نہیں کہہ سکتا۔

تو مجھے لگا کہ جیسے یہ سب کسی کوڑے دان سے متعلق ہے ہی نہیں۔ موت شاید معاشرے کی کوئی مفید خدمت سر انجام دے ہی نہیں رہی۔ یہ کہانی تو ایک شکاری اور اس کے شکاروں کی ہے۔ ایک شکاری جو ہمیشہ اپنے شکار کے طریقے کو بہتر کرتا رہتا ہے۔ جو ہر وقت مصروف رہتا ہے کہ نئے سے نئے جال بن سکے ، booby traps بنا سکے ، ہتھیاروں کو تیل لگا سکے اور اپنے شکار کی ہر حرکت پر نظر رکھ سکے۔ موت ایک perfectionist ہے جو اپنے عمل کی ہر جزئیات پر نگاہ رکھے ہوئے ہے۔ کوئی بھی اس کے پنجوں سے ہمیشہ کے لئے بچ نہیں سکتا کیونکہ اس کے پاس کوئی ایک اکیلا رستہ تو ہے نہیں جس سے یہ اپنے شکاروں کو قابو کر سکے۔ پھر محدود عمر کا آخری check point تو ہے ہی۔ اگر وہ کسی کو نہیں پکڑ سکتا تو دوسرے کے لئے ایک خاص وقت کے بعد ویسے ہی کھیل ختم ہو جاتا ہے۔

پتہ نہیں کبھی کبھی مجھے لگتا ہے جیسے موت ایک نہیں ہے۔ موت دو ہیں۔ جب

موت کی پیدائش کا وقت آیا تو وقت کی کوکھ سے دو وجود نکلے۔ دونوں جڑواں ہو کر بھی ایک دوسرے سے بہت مختلف تھے۔ ایک کے اندر بہت سکون تھا جیسے کوئی ٹھنڈا گلیشئر ہو اور دوسرا ابلتا ہوا لاوا۔ حق کی جانب سے جب ذمہ داری دینے کا وقت آیا تو سکون والے کو ذمہ داری دی گئی۔ دوسرا جان تو گیا کہ وہ اس قابل نہیں ہے مگر تھا وہ لاڈلا تو اس نے ایک رعایت اپنے لئے بھی مانگ لی۔

"مجھے وقت سے پہلے مارنے کا اختیار دے دو۔"

"وقت سے پہلے کون مار سکتا ہے؟" تبسم ہوا

"موت پیدا کرنے والا وقت جیسے نوخیز کی طرازیوں کا غلام نہیں ہو سکتا۔"

"جاؤ تمہیں مہلت دی؟" ایک الوہی مسکراہٹ کے جلو میں ایک نئے موت بانٹنے والے نے جنم لیا۔

میں اس کے بارے میں زیادہ نہیں جانتا پر مجھے لگتا ہے کہ وہ نیچرل موت کو کبھی پسند نہیں کرتا ہو گا۔ وہ یقیناً چاہتا ہو گا کہ لوگوں کو اس وقت سے بہت پہلے پکڑ سکے۔ تو وہ مختلف طریقے استعمال کرتا ہے۔ کبھی سونامی آتے ہیں اور ایک ہی لمحے میں لاکھوں لوگ اپنی جان سے ہاتھ دھو بیٹھتے ہیں اور کبھی وہ ایک موٹر سائیکل سوار کے دل میں پنپنے والی بیکار خواہش بن جاتا ہے کہ کیوں نہ اس موٹر سائیکل کو ایک پہیے پر دوڑایا جائے۔ وہ ہر گھڑی آپ کو پھانسنے کی کوشش کرتا ہے اور ایسے بازی گر سے بچ نکلنا اپنے آپ میں ایک معجزہ ہے۔ تو مجھے کہنے دیں کہ بوڑھی عمر تک پہنچ جانا ایک بہت بڑی achievement ہے۔ میں تو سمجھتا ہوں کہ اسے ہی انسانیت کا سب سے اہم مقصد قرار دے دینا چاہیے۔ جیسے کہ آپ کسی بچے سے پوچھتے ہو کہ وہ بڑا ہو کر کیا بننا چاہتا ہے تو اسے بلا جھجک کہہ ڈالنا چاہیے کہ وہ بوڑھا ہونا چاہتا ہے اور باقی کی سب چیزیں بیچ میں ہی آ جائیں گی۔

پہلی چیز یہی ہے کہ survive کیا جائے۔ وقت حاصل کیا جائے۔ لیکن ہم انسانوں کو تو ideals سے جنون کی حد تک لگاؤ ہے اور نہ جانتے ہوئے شاید ہم ہمیشہ حقیقت کی طاقت کو جھٹلاتے چلے آئے ہیں۔ ہمارے لئے زیادہ اہم ہے کہ ہم ایک بھرپور وقت گذاریں نہ کہ صرف وقت گذاریں۔ اہم یہ ہے کہ کسی مقصد کے لئے زندگی گذاری جائے نہ کہ صرف زندہ رہا جائے۔ میں نہیں جانتا کہ ان تصورات نے وہ سب کچھ حاصل کرنے میں ہماری کتنی مدد کی ہے جو اس انسانیت نے اب تک حاصل کیا ہے۔ کیونکہ میرے لئے over-achievement بھی اتنی ہی pathetic ہے جتنی کہ under-achievement۔ جیسے کہ ایک امیر آدمی اپنے کمائے گئے پہلے ملین کے ساتھ کیا کیا نہیں کر پائے گا۔ اور اب سوچیں کہ جب وہ پہلی بار billionaire بنے گا تو کیا کرے گا۔ نو سو ننانوے ملین سے بلین ہونا اگرچہ مقدار میں اتنی ہی رقم ہے جتنی پہلی ملین کے وقت تھی لیکن اب ایک بھی ایسی چیز نہیں ہوگی جو اسے یہ ملین لا کر دے سکے۔ شاید واحد چیز یہی ہوگی کہ اس کا نام امراء کی اس فہرست میں آجائے گا جو بلین اپنے پاس رکھتے ہیں۔ مگر کیا یہ کافی ہے؟ وہ پیسے کماتا ہی کیوں ہے اگر پیسہ اس کی ضروریات اب پوری کرنے کی صلاحیت نہیں رکھتا؟ وقت کے ساتھ کہیں رستے کی بھول بھلیوں کے بیچ اس نے راستے کو ہی منزل سمجھ لیا اور پھر اس خودساختہ منزل سے اتنا جنون کی حد تک منسلک ہوا کہ اس کی پوری زندگی ہی اپنا مطلب کھو بیٹھی۔ تو یہ مقاصد اچھی چیز ہوتے ہیں اس وقت تک جب تک یہ آپ کو زندہ رہنے میں مدد دیں اور آپ کی آنے والی نسلیں پھل پھول سکیں۔۔۔۔۔ لیکن زندگی سے بعید مقاصد کے لئے چیزیں کئے جانا مہمل سی بات ہے۔ آرٹ محض آرٹ کے لئے ایک منافقانہ دلیل ہے۔ ہر چیز زندگی کے لئے ہے اور یہی اصل کہانی ہے۔

میں مانتا ہوں کہ ہو سکتا ہے کہ یہاں میں بہت قائل کر دینے والی بات نہیں کر پا رہا ہوں۔ ہو سکتا ہے کہ لوگ میری اس دلیل سے اتفاق نہ کریں کہ زندگی کا اصل مقصد بوڑھا ہونا ہے۔ میں ابھی سے دیکھ سکتا ہوں کہ میرے قارئین کی آنکھوں میں بے اعتمادی ہے اور ان کے سر بڑی بے چینی سے "نہیں" کے لئے ہل رہے ہیں۔ وہ کہہ رہے ہیں "اس آدمی نے ساری زندگی دلیل کی تلوار گھمائی ہے اور اب یہ اپنی ہی دلیل کا قیدی بن چکا ہے۔۔۔۔۔ جو تلوار سے جیتا ہے وہ تلوار سے مرے گا۔۔۔۔۔ ہر دلیل اصل میں ایک trap ہوتی ہے اور یہ شخص جو ساری زندگی یہ جال بناتا رہا اور انہیں مکمل کرنے کے لئے جاتا رہا اب ایسی دلیل تخلیق کر چکا ہے جس سے یہ خود ہی نہیں نکل پائے گا۔" شاید کچھ لوگ ایک منٹ کے لئے خاموشی اختیار کریں اور ہیٹ اتار کر مجھ پر افسوس کریں اور یاد کریں کہ کیسے ایک شخص شہیدِ دلیل ہو گیا۔ انسانی ذہن ہمیشہ زندگی سے بالا وضاحتیں ڈھونڈتا رہتا ہے اور ایسے میں وہ سمجھ ہی نہیں پاتا اس اصل انسان کو جو کہ وہ ہے۔

میں اس سوچ کی عزت کرتا ہوں کہ اس لکھنے کے علاوہ میں ایک انسان بھی تو ہوں اور اس پہلو سے دیکھیں تو میں بھی ان جیسا ہوں۔ میں نے بھی ہمیشہ زندگی سے بالا مقاصد اپنے سامنے رکھے اور انہیں حاصل کرنے کے لئے بھاگ دوڑ کرتا رہا۔ شاید میں ان لوگوں سے کچھ زیادہ ہی کوشش کرتا ہوں گا۔ لیکن پھر بھی اپنے تمام تر خلوص کے باوجود میں پہنچا تو یہیں کہ زندگی کا اصل مقصد بوڑھا ہونا ہے۔ اور یہ کوئی حادثہ نہیں ہے اور نہ ہی کوئی ایسی چیز ہے جسے میں بس یقین کرنے لگا ہوں کیونکہ مجھ میں اصل تلاش کا حوصلہ نہیں رہا۔ نہیں جناب یہ تو وہ دلیل ہے میں جسے بہت دیر سے سوچتا آ رہا ہوں پر میں کبھی اس کو سمجھ نہیں پاتا تھا۔ لیکن اگر لگن سچی ہو تو جیسے ٹکڑے خود بخود ایک صورت میں

ڈھلتے جاتے ہیں۔ تو اب میں سمجھ رہا ہوں کہ میں کیا بول رہا ہوں۔ یہ یقیناً آخری دلیل نہیں ہے لیکن اس دنیا میں آخری دلیل کہاں دیکھی ہے آپ نے ؟اس دنیا میں صرف approximations ہی وجود رکھتی ہیں۔ کون آج تک perfect sphere ڈھونڈ سکا ہے ؟ پرفیکٹ محبت، پرفیکٹ انسان، پرفیکٹ موسم، پرفیکٹ جگہ ۔۔۔۔۔۔ اس دنیا میں کچھ بھی پرفیکٹ نہیں ہے تو پھر ہماری دلیلیں بھلا کیونکر پرفیکٹ ہو سکیں گی۔

پر شاید میں غلط ہوں۔ ہماری دلیلوں کو پرفیکٹ ہونا ہی چاہیے کیونکہ دلیل کا تعلق اس دنیا سے ہے ہی نہیں۔ وہ تو ایک اور دنیا سے اپنی inspiration لیتی ہیں۔ ایک دنیا جہاں سب کچھ ہی پرفیکٹ ہے۔ یا پھر کہیں ایسا تو نہیں کہ ہم نے انہیں بنایا ہی ایسا ہے کہ ایک پراسراریت سی ہمیشہ ان پر منڈلاتی رہے۔ ہمارے لئے وجود کا کوئی مطلب ہی نہیں ہے اگر ہم اسے کسی سمجھ میں آنے والے مقصد سے منسلک نہ کر سکیں۔ لیکن میں آپ کو بتا رہا ہوں کہ وجود بذاتِ خود ایک دلیل ہے جسے رد کیا ہی نہیں جا سکتا۔ وجود شاید وہ واحد دلیل ہے جسے اپنے سے بالا کسی وضاحت کی ضرورت نہیں ہے۔ I think therefore I'm۔ آخر اس چیز کو کیوں ثابت کیا جائے جسے خود قدرت نے ثابت کیا ہے؟

تو میری دلیل صرف یہ ہے کہ ہمیں ان چیزوں کے پیچھے چھپے obscure مطلب ڈھونڈنے کی سعی نہیں کرنی چاہیے جو کہ یہ زندگی ہمارے سامنے لے کر آ رہی ہے۔ ہمیں ان چیزوں کی عزت کرنا ہو گی جو وجود رکھتی ہیں۔ ہر وجود کی عزت ہے چاہے وہ ہمیں پسند ہو یا نہیں۔ کیونکہ یہاں اس سے کوئی فرق نہیں پڑتا کہ ہم کیا سوچتے ہیں؟ ہم ہیں ہی کیا؟ ہم تو اس سارے puzzle ایک چھوٹا سا حصہ ہیں ہم ایک حصے کی منطق بھلا کل پر کیسے لاگو کر سکتے ہیں ؟اب آپ کے پاس ایک جوکر کا puzzle ہے جس میں سب سبز ٹکڑے ہیں اور ایسے میں آپ ایک سرخ ٹکڑا دیکھ کر کہتے ہو کہ یہ بھلا کہاں سے آ گیا۔ یہ

تو اس گیم کا حصہ نہیں ہے۔ آپ اسے evil کہ کر ڈبے سے باہر پھینک سکتے ہو۔ لیکن کیا وہ واقعی evil ہے ؟۔۔۔۔ ایک دن کوئی لڑکا اس کو معمے کو حل کرے گا اور گھنٹوں کی محنتِ شاقہ کے بعد جب وہ یہ معمہ حل کر لے گا تو پھر وہ اپنے آخری ٹکڑے کو ڈھونڈے گا۔ جوکر کی ناک جو سرخ رنگ کی تھی وہ ڈھونڈ نہیں پائے گا۔ وہ مختلف ٹکڑا بھی اس تصویر کا حصہ تھا۔ اس ٹکڑے کے بغیر اب اس سارے کھیل کا کوئی مطلب نہیں رہا۔ وہ بچہ اس سارے معمے کو ہی کوڑے دان میں پھینک دے گا۔

اتنی اہم ہوتی ہیں یہ سب چیزیں۔ ایک ٹکڑا۔۔۔ ہر ایک ٹکڑا اتنا ہی اہم ہے جتنا کہ دوسرے ٹکڑے۔ وہ ہمیں کتنا بھی مختلف کیوں نہ نظر آئے مگر اگر وہ ہے تو ضرور اس کا کوئی مقصد بھی ہو گا۔

آپ ضرور سوچتے ہو گے کہ میں بھلا یہ کیونکر سوچتا ہوں کہ محض وجود کسی کے مقصد کی دلیل بھی ہو سکتا ہے۔ مجھے اس پر یقین ہے کیونکہ میں نے وہ ٹکڑا وہاں نہیں رکھا ہے۔ کسی اور نے رکھا ہے۔ کسی ایسے نے جس کے پاس مجھ سے کہیں زیادہ علم اور سمجھ ہے۔ یہ وہی ہے جس نے مجھے اور چاند کو اور ستاروں کو ان کی جگہ پر لا رکھا ہے۔ اور وہ کہتا ہے کہ اس نے کوئی بھی چیز بے مقصد پیدا نہیں کی ہے۔ وہ کہتا ہے کہ اس نے کچھ انسانوں کو جنت کے لئے پیدا کیا ہے اور کچھ کو جہنم کے لئے۔ ہم ہر مرتبہ اس کا مقصد سمجھ نہیں سکتے پر کس نے کہا کہ ہم مقصد سمجھ سکنے پر قادر ہیں۔ یہ تو وہ ہم سے expect بھی نہیں کرے گا۔ ہم خدا نہیں ہیں کہ اس کی سب سکیم سمجھ سکیں۔ لیکن ہم ایک چیز جان سکتے ہیں۔ ہم یہ یقین کر سکتے ہیں کہ جو بھی وہ کرتا ہے کسی مقصد سے کرتا ہو گا اور پھر ہم اس سے محبت کر سکتے ہیں۔۔۔۔ اس کی تمام مخلوقات سے محبت۔ ہمیں کسی سے نفرت محض اس لئے نہیں ہونی چاہیے کہ وہ مختلف ہے یا ہم سے مختلف راستوں پر چل رہا ہے۔

لیکن اب اس محبت کا اصل مطلب کیا ہے ؟ کیا اس کا مطلب ہے کہ مجھے ایک قاتل کو نہیں مارنا چاہیے ؟ مجھے ایک rapist کو سزا نہیں دینی چاہیے ؟ میں یہ نہیں کہہ رہا۔ کوئی بھلا ایسی بات کہ بھی کیسے سکتا ہے۔ جب میں کہتا ہوں کہ آپ کو ہر شئے سے محبت کرنی ہے تو اس کا مطلب ہے کہ آپ کو انصاف سے بھی محبت کرنا ہوگی اور موت سے اور مظلومیت سے اور ہر شئے سے جو خدا نے پیدا کی ہے۔ تو جب ہمیں کسی کو قتل کرنا پڑے محض ایک سو روپے کو بچانے کے لئے تو ہمیں ایک لمحہ کو بھی سوچنا نہیں پڑے گا۔ اس لئے نہیں کہ انسانی جان کی قیمت سو روپے سے کم ہے بلکہ اس لئے کہ فتنہ قتل سے بھی بری بات ہے۔ آپ کا اختیار خدا ہونے نہ ہونے پر نہیں ہے پر وہ کچھ کرنے پر ضرور ہے جو آپ بنائے گئے ہو۔ اگر اس نے آپ کو قتل کرنے کو ہی پیدا کیا ہے تو آپ کو قتل کرنا ہوگا اور اگر اس نے آپ کو بچانے کے لئے پیدا کیا ہے تو بچانا ہوگا۔ دونوں صورتوں میں تمام میسر طاقت استعمال کرنا آپ کے اختیار میں ہے۔

شاید کچھ لوگ اسے پسند نہ کریں۔ وہ سوچیں کہ میں لوگوں کو برائیوں پر اکسا رہا ہوں۔ جیسے میں کوئی انارکسٹ ہوں اور انہیں تباہی کی طرف دھکیل رہا ہوں۔ میں بالکل بھی ایسا نہیں ہوں۔ لیکن اپنی فطرت کو honor کرنا ہی وہ واحد اچھی چیز ہے جو آپ کے ساتھ ہو سکتی ہے۔ یہ کوئی نئی بات نہیں ہے۔ کرشنا نے ارجن کو یہی تو سمجھایا تھا کہ اسے لڑنا ہی ہوگا بس نتائج سے خود کو علیٰحدہ کر لینا کامیابی کی دلیل ہے۔ تو ایسے ہی موت بھی یہاں ہے اور ہمیں اس سے اجنبیت نہیں محسوس ہونی چاہیے۔

تو میں موت کی بات کر رہا تھا اور میں ساری زندگی اسے سمجھ نہ سکا مگر وہ آخری لمحہ جس نے مجھے سب سمجھا دیا:

And the Stupor of death will bring truth (before his eye:(
"This was the thing which thou wast trying to escape"!
(50:19)

اس دن میری سانس اکھڑ رہی تھی اور ذہن جیسے گرم ہو رہا تھا۔ کمرے میں رکھی چیزیں کہیں پس پردہ چھپ رہی تھیں۔ کوئی پردہ نہیں تھا مگر وہ پس پردہ چھپ رہی تھیں۔ کمرے کی کھڑکی میں بنے گھونسلے میں بیٹھی چڑیاں کچھ سہم سی گئی تھیں۔ ہوا ایک نہ سمجھ میں آنے والی آواز میں بولنے لگی۔ کوئی جا کر ڈاکٹر کو بلا لایا۔ ڈاکٹر نے بے مقصد میری نبض دیکھی اور پھر اس نے آہستہ سے کچھ کہا۔ میں ٹھیک سے تو سن نہیں پایا پر شاید وہ یہ کہہ رہا تھا کہ اب بس کوئی لمحے کی بات ہے۔ کمرے میں دبی دبی سسکیاں گونجنے لگیں اور میں مشتاق نظروں سے ادھر ادھر دیکھنے لگا۔ میں جانتا تھا کہ وہ ابھی آئیں گے۔ پر وہ کون ہو گا۔ فرشتے یا سیاہ ہرکارے۔۔۔۔۔۔ یہ سوال اہم تھا۔

میری نظریں دروازے پر جمی تھیں مگر وہ سب دروازوں کے پابند کہاں تھے؟ کمرہ آہستہ آہستہ بھرنے لگا۔ ہوا کے نرم جھونکے، پڑوسی کے گھر تلتے ہوئے پکوڑوں کی خوشبو، صحن میں رینگتے لال بیگ کے پاؤں کی سرسراہٹ، دیواروں سے سیپ سیپ کر آتی ہوئی انجانی روحیں جو حیرت سے مجھے تکتی تھیں، پائینتی کے پاس باادب کھڑے دو فرشتے۔۔۔۔۔۔ کمرہ اپنی استطاعت سے زیادہ بھر چکا تھا۔ اس کوزے کی مانند جس میں مزید ایک قطرہ شراب ڈالنا بھی ممکن نہ رہا ہو۔

اور پھر دروازہ کھلا اور میرا ایک پرانا دوست کمرے میں داخل ہوا اور عجب دھکم پیل ہونے لگی۔ خوشبوئیں، آوازیں، مادی اجسام، روحیں سب مجھے چاروں طرف سے دبانے لگے۔ میرا سانس گھٹنے لگا اور میں تنگ آ کر جسم سے باہر نکل آیا۔ کھڑکی کی ایک درز سے باہر نکلنے کا موقع ملا تو باہر بڑی وسیع کائنات میرے سامنے تھی۔ میں آگے بڑھنے لگا تو

کسی کے رونے کی آواز سنائی دی۔ وہ آواز بہت جانی پہچانی تھی۔ غور کیا تو وہ میری بیوی کی آواز تھی۔ وہ سسکیاں لے رہی تھی اور لوگ اونچی اونچی آواز میں اناللہ وانا الیہ راجعون پڑھ رہے تھے۔ میں مر چکا تھا اور یہ سب بالکل بھی ویسا نہیں تھا جیسا میں سوچتا تھا۔ کتنی انتظار تھا مجھے پر اس نئے سفر میں مجھے لینے کوئی بھی نہیں آیا تھا۔ نہ کوئی فرشتہ اور نہ کوئی کوڑے لہراتا عفریت۔ میں نے تو بس جیسے کوئی لالچی گلہری تھا جس نے اپنی کھوہ کو اخروٹوں سے اتنا بھر لیا تھا کو خود اس کے لئے کوئی جگہ باقی نہ رہی تھی اور وہ اب حیرت سے اپنی کھوہ کے باہر ٹھٹھرتی تھی اور سوچتی تھی کہ کیا غلط ہو گیا۔

* * *

سید اسد علی کی مزید کہانیوں کا مجموعہ

نیند اور دیگر کہانیاں

مصنف: سید اسد علی

بین الاقوامی ایڈیشن منظر عام پر جلد آرہا ہے